君が涙を忘れる日まで。

菊川あすか

STARTS
スターツ出版株式会社

傷つかないために、嘘《うそ》をついた。
大切だから、嘘をついた。

行き場をなくした想いを胸の奥に閉じ込めたまま、
夕暮れの空に消えていくはずの私が
彼との旅を始めたのは、
思い出にさよならを告げ《つ》るため。
そのはずだった……。

目次

君が涙を忘れる日まで。

第一章　短い旅の始まり。

ふらふらと雲の上を行くような不安定な足取りで、薄い灯《あか》りを頼りに歩きながら答えを求めて頭の中を必死に掻《か》き回すけれど、混乱するばかりだった。それでも不安や恐怖心が最小限に留まってくれているのは、私が今……一人じゃないからだろう。

ゆっくりと足を進めながらようやく外に出ると、涼しく穏やかな風が肩先まで伸びた私の髪を何度も優しく揺らす。夜とも朝とも言えない薄く白い空を見上げると、心と体がジンジンと痛む気がした。

「ごめんね」

「なにが？」

「無理に付き合わせちゃったみたいで……」

「別に付き合わされたなんて思ってねーよ」

ガードレールに寄りかかりながら両腕を伸ばしてあくびをすると、その切れ長の目がきらりと光った。

「これからどうしよう……」

「そうだな～。行くところもないし、とりあえずブラブラするか」

「……いいの？」

「別に、暇《ひま》だし」

彼は幸野貴斗《こうのたかと》。一応クラスメイトだけれど、二年生になってまだ一ヶ月だからか幸野君のことはよく知らないし、お世辞にも仲がいいとは言えない。同じバスケ部だけれど男子と女子では練習も別々だし、そこまで交流があるわけでもないから、あくまでただのクラスメイトという関係だ。

そんな幸野君と私、樋口奈々《ひぐちなな》は何故《なぜ》か制服のまま、まだ世間が動き出す前のこの静かな時間に二人で肩を並べて歩いている。凄《すご》く不自然で、でもなんだか新鮮で、こういうのもアリなのかなと思ってしまう。今この時この瞬間に幸野君が隣《となり》にいてくれることで、私の気持ちは辛《かろ》うじて冷静に保たれているから。

一人じゃなくてよかった。なんて言ったら、幸野君に悪いかな。でも本当にそう思うんだ。

「ていうか俺たち、同じクラスで同じバスケ部なのにまともに喋《しゃべ》ったことないよな」

スポーツマンらしい短い黒髪を指先で触りながら呟《つぶや》く幸野君に、私は軽く頷《うなず》いた。

「確認だけど、俺のことは知ってるよね？」

「あたり前じゃん」

確かに今まで会話らしい会話はなくて、部活終わりにお疲れ様の挨拶をしたことがあるようなないようなそのくらいの関係だけれど、クラスメイトなのだから、さすがに知らないわけはない。

「ならよかった。じゃーまず俺の印象聞かせて」

「は？」

「特に話すこともないし、無言で歩くのはなんか嫌だろ。だから早く話すことはない……。確かにそうだけれど、この状況で最初にそれを聞いてくる辺り、イメージ通りの人だと思った。話したことはなくても、私の視線の先に幸野君が映ることは時々あったから。背が高く、厚みのある高い鼻に男っぽい切れ長の目、薄い唇、一見怖そうに見えるけれど、実際はきっと違う。

「いつも楽しそうにしてて、明るい人って感じかな？」

「それってだいぶ気を遣って言葉選んだだろ？　ハッキリ言っていいよ、うるさいって」

「別にそうは思ってないけど……」

「いいのいいの、よく言われるから。貴斗って小学生の頃からお調子者タイプだったでしょって。ついでに能天気でいつもふざけて男子とばっかつるんで、脳内はまだ小学生だってね」

いや、なにもそこまでは思っていないけれど。確かにお調子者という言葉がピッタリかもしれない。こんな状態なのに私の心が重く沈んでいないのは、ほんの少しの会話の中で、幸野君が醸《かも》し出す明るい雰囲気に私自身がつられているからだ。

「ていうか、なに納得したような顔してんだよ。ちょっとは否定しろ」

笑いながら肩を軽く叩《たた》かれた私は、思わずプッと噴き出した。

――なんだ、私まだ笑えるじゃん。

正直驚いた。意識することなく、自然と笑っている自分がいることに。自分自身も気持ちも、どこに向かっているのかは分からないけれど、笑えているということは、きっと終わったんだ。もう、なにも考えなくていい。そう思うと、気持ちも少し楽になる。

「なぁ樋口」

「ん？」

「お前さ……なんで泣いてんの？」

思いもよらない言葉に不意をつかれた私は、確認するかのように目尻にそっと触れてみるけれど、涙なんか出ていない。

「変なこと言わないでよ」

「さっきからさ、樋口は笑ってるつもりかもしんないけど、全然笑ってるように見えないから。寧《むし》ろ泣いてるようにしか見えない」

どうして？　せっかく全部終わったのに。もう苦しまなくて済むと思ったのに。

「俺はなんせお調子者だし、信用できないかもしれないけどさ。これもなにかの縁だと思って、その泣き顔の理由を聞かせてくれないかな」

おどけて私を笑わせてくれていたはずのその目が真っ直《す》ぐ私をとらえ、切なそうになにかを訴えるような視線を向けた。

「幸野君……」

「こんな俺だけど、吐き出せば少しは変わるかもよ？」

そう言って今度は結んでいた唇をほころばせ、微笑《ほほえ》む。男らしい顔つきが、途端に無邪気な少年のような表情に変わった。幸野君のことはあまり知らないけれど、その柔らかい笑顔だけできっと優しい人なんだろうなと思える。友達思いで凄くいい奴《やつ》。ふざけているように見えるけれど、意外と真面目《まじめ》なところもあるとか、〝彼〟からも、何度か幸野君の話は聞いていたから、余計に。

それにしても……。全てが終わったのだと思っていたけれど、本当はなにも終わってなんかないのかもしれない。そんなに簡単に終わらせてくれるほど、神様は優しくないってことなんだ。だから私は今、ここにいる。風が吹けば髪は揺れるし、足を進めればコンクリートの硬さも感じることができる。確かに私は、ここにいるんだ。

チョークで書いた文字を黒板消しで消すみたいに、心の奥にある想いを全て綺麗《きれい》に消せたら終われるのかな。一つ一つ、綺麗に……。

「私ね、当時は全部時間が解決してくれると思っていたの。でもその時間って、いったいどれくらいなんだろうね。半年、一年、それ以上……」

ふと顔を上げると、いつの間にか東の空は明るく青みがかっていて、雲がゆっくりと流れている。

ただ黙って私を見つめている幸野君。お互いのことをよく知らない者同士がこうして一緒にいることにも、なにか意味があるのかも。

「ねぇ……幸野君、お願いがあるんだけど」

「なんだよ。悪いけど今、金欠だからな」

「フフッ、そうじゃなくて。付き合ってほしいの」

「どこに？」

「最後のさよならをする旅……かな」

行く当てもなくただ足の向くままに歩いていたつもりだったのに、気づけば駅まで来ていた。高架下にある店舗は全て閉まっていて、いつもは沢山《たくさん》の人々が慌ただしく行き交うはずの駅前は閑散としている。カラスの鳴く声や木々の揺れる音までよく聞こえてきて、まるで日本が滅亡する映画の冒頭シーンのようだった。

「さよならする旅か、なんか響きがかっこいいな」

能天気にそう言って、頭のうしろで手を組みながら口笛を吹く幸野君。ハッキリしない掠《かす》れた音、下手くそな口笛が私の心を少しだけ和ませる。

「終電なら乗ったことあるけど、始発は初めてかも」

「私もだよ」

「なんつーか、終電より始発の方が酔っ払いのおっさんもいないし静かなんだな」

「うん、静かだね」

普段は混雑していて周りを見ても人の多さにうんざりするけれど、今は人の姿がほとんどないからか、先の方まで見渡せるホームがとても不思議で、どこかの田舎町にある小さな駅にいるような感覚だった。

始発電車が来るまでの間、ホームにある青いベンチに腰かけた。なんとなく隣に座るのが恥ずかしくて、二人の間にできたベンチの空白が私達の距離を物語っているようだ。

「私のことは?」

「ん?」

「私の印象も聞かせてよ」

浅く座り、自分の足に腕を乗せた幸野君が、前屈《かが》みになって「うーん」と小さく唸《うな》る。そんなに考えなきゃいけないほど印象にないのかな。

「バスケがすげー上手くて、毎日楽しそうにしてて、明るかった……って感じ」

「明るかった。過去形だね」

「おう、過去形だ」

そんな笑顔でハッキリ言われたら、否定する気にもなれない。実際その通りだし、顔には出していないつもりだったけれど、喋ったことがない幸野君にまで気づかれてしまうほどだったんだろうか。

少しの沈黙のあと、始発列車が到着するというアナウンスが流れた。立ち上がって辺りを見渡すと、いつの間にかホームには人が疎《まば》らに立ってる。

「電車乗るけど、いい？」

「なにを今さら。乗るから駅に来たんだろ」

そう言う幸野君に右腕を引っ張られた私は、そのまま一歩うしろに下がった。

「黄色い線の内側って教わらなかったか」

「へー、そういう男っぽいこともできるんだね。今の腕引くのとか、少女漫画《まんが》に出てくるモテ男子みたいだったよ」

わざとからかうように言うと、幸野君は分かりやすく顔を赤らめて俯《うつむ》く。

「う、うるせー。さっさと乗るぞ」

電車の中は空いていて座れる場所はいくつもあったけれど、私達はあえて座らずにドアの方を向いて立った。窓を通して差し込む朝日がとても眩《まぶ》しい。でも、目を伏せるのがもったいないくらい、とても綺麗だ。

「あとさっき言い忘れてたけど、樋口の印象」

「なに?」

「浅木《あさぎ》と、仲よかったな……って」

その瞬間、強い日差しに目を細めながら、ゆっくりと幸野君から視線を逸《そ》らす。仲よかった……。また、過去形だね。

道路を挟んで向かい合わせにある私達の家。物心ついた時からいつも側《そば》にいた浅木香乃《かの》は、私の親友、幼馴染《おさなじ》み、家族、そのどれにも当てはまる存在だった。

「うん、そうだね……」

「浅木は途中から男《だん》バスのマネージャーになったじゃん? だからなんとなく気づいてたけど、お前らなんかあったのか? 喧嘩《けんか》ってわけじゃなさそうだけど」

喧嘩なら散々してきた。幼稚園で玩具《おもちゃ》の取り合いをした時、小学校で約束を忘れてしまった時、中学では虐《いじ》められていたことを相談してくれなかった時。けれど喧嘩の数だけ、私達の絆《きずな》は深くなっていったと思う。でもそれはきっと、私と香乃が子供だったから。そしてまだ、本気の恋を知らなかったから。

あんなに素直だったのに、あんなに感情を剥《む》き出しにしていたのに。知らず知らずのうちに少しずつ大人への階段を上《のぼ》っていた私達は、人の感情に敏感になり、素直になることを忘れ、そして嘘をつくようになっていく。

大好きな香乃を悲しませたくない。でも、私の気持ちは行き場をなくしてしまったから……。

「樋口？　大丈夫か？」

「あっ、うん、ごめん」

「なんか俺、余計なこと言っちゃったみたいで。ごめんな」

「ううん、全然大丈夫。幸野君に全てを話すって決めたんだから」

心配そうに顔を覗《のぞ》き込む幸野君に、微笑みながら答えた。こんな時でも、また嘘の笑顔を浮かべてしまう自分に嫌気がさす。

焼肉食べ放題の看板や屋根の上に乗っているよく分からないワニのオブジェ、電車の中から見える景色はすぐに移り変わってしまう。あの頃は、景色なんて見てなかったな。

「この電車に乗らなかったら、〝彼〟が乗っていなかったら……始まることも終わることもなかったんだ」

全ての始まりは、この通学電車から……。

第二章　通学電車にさよなら。

「行ってきまーす」

トントンと靴を鳴らし家を出ると、道路を挟んで向こうには白くて可愛《かわい》らしい三階建ての家。ドアの前の短い階段には、一段一段綺麗な花が置かれている。

眉《まゆ》をひそめながら振り返ると、ヒビが入って汚れたクリーム色の壁に茶色い屋根の小さな二階建ての一軒家。庭とは呼べない狭いスペースには空っぽの植木鉢が二つ並んでいる。香乃の家は一年前に建て替えたというのに、うちは今もボロいまま。私もあんな可愛い家に住みたいな。

思わずため息をついて歩き出すと、向かいの家のドアが開き、いつもの高い声が聞こえてきた。

「行ってくるね」

玄関のドアを閉めてこちらを向くと、すぐに私に気がついて大きく手を振った香乃。顎《あご》よりも少しだけ長い位置で切り揃《そろ》えられた艶のある真っ直ぐで綺麗な黒髪に、黒目がちの大きな瞳は子供の頃からちっとも変わらない。

それに比べて、私の髪は頑固な癖毛で、ようやく肩につくくらいまで伸びたけれど、右側は寝癖で少し跳ねているし、伸ばしっぱなしの前髪は目にかかっている。昔から変わらない大きくも小さくもない目は、これといって特徴がない。あえて似ているところを探すなら、黒髪だということくらいだ。

私も香乃くらいの長さに切っちゃおうかな。そうすれば少しは香乃みたいに可愛らしく……なるはずないか。

「おはよー奈々」

「おはよう」

私が香乃のいる方の道路に渡り、そのまま自然と駅に向かって歩き出すのが高校に入学してから変わらない毎朝の流れ。道行く人達の邪魔にならないようにと前後に並び、私が前で香乃がうしろを歩く、それも毎朝変わらない。

「あ〜あ、奈々と同じクラスだったらなー」

「え〜？　高校に入ってまで同じクラスなんて、勘弁してよ」

「なにそれひどーい」

わざと意地悪を言い振り返ると、香乃は頰を膨《ふく》らませてみせたけれど、こんなことで喧嘩になるような関係じゃないことはお互い承知の上だ。その証拠に、頰はぷっくりと餅みたいに膨らんでいるけれど、三日月のように細くなった目は、目尻が垂れ下がっていて、どう見ても笑っているようにしか見えない。

「でもどうせなら三年で同じクラスになった方がいいかも。運動会も文化祭も高校生活最後の行事は絶対盛り上がるし、卒業アルバムだって三年のクラスで撮った写真を使うでしょ？」

まだ入学したばかりだし、三年で同じクラスになると決まったわけでもないのに、嬉しそうに指折り数えながら歩く香乃。そういう私だって、卒業式のクラス写真で香乃の隣に写っている自分を想像するのはとても簡単だ。子供の頃からずっと、香乃と一緒に撮った写真は数えきれないほど沢山あるから。

高校生になって初めて電車通学というものを経験し、三週間が経過した。香乃の家から真っ直ぐ進み、駅まで続く大通りを右に曲がると、人の数も一気に増える。そんな光景も、さすがに見慣れたものになった。足早に歩くスーツを着たサラリーマンの足音を察知して避けるのも、道を塞《ふさ》ぐようにのんびり歩く学生の間を縫うように進むのもだいぶ上手くなった。

とはいえ、満員電車とまではいかなくても人が多い電車の中は本当に疲れる。ラッシュ前のこの時間でさえそう思うんだから、毎朝身動きがとれないほどの満員電車に何年、何十年と揺られている働く大人のことを考えると、毎日ご苦労様と頭を下げたくなる。

入学からたった三日で自転車通学に変えようかと本気で迷ったけれど、それはそれで四十分くらいかかるし、しかも大小三つの坂を越えなければいけない。部活の筋トレの一環だと思えばどうだろうと香乃に相談したけれど、『私は朝からそんなに漕《こ》げないから無理』と大反対された。だから香乃に合せて電車通学を続けていた。仕方なく、そのはずだったのに。

ハッキリとは覚えていないけれど、電車も悪くないかもと思い始めたのは、確か入学して一週間が過ぎた頃からだった。毎朝決まった電車には同じ学校の生徒だけでなく、違う制服を着た学生も乗っている。制服は様々でも、顔ぶれはほぼ一緒。

なにも考えずに香乃とお喋りをしながら乗っていた電車の中で、私は〝彼〟を見つけた。同じクラスの園田修司《そのだしゅうじ》。

いつも私達が乗る電車の同じ車両に、園田君は乗っている。三両目に乗ると階段に一番近い場所で降りられるから私達は必ずそこに乗り込むのだけれど、園田君もきっと同じ考えなんだろう。サラサラの髪の毛は日差しのせいで、教室にいる時よりも少しだけ明るい茶色に見える。鼻筋がすっと通った高い鼻、男子なのにハッキリした二重で大きな瞳、横顔が綺麗に見えるのも、きっと日差しのせい。なんとなく気になってしまうのは、クラスメイトが毎朝同じ電車にいるからなんだ。ただそれだけだと思っていたのに……。

園田君がふと顔を上げた時、一瞬目が合った気がして私は咄嗟《とっさ》に俯いた。心臓が勝手にキュッと締めつけられて、ソワソワして、破裂しそうなほど心臓がドキドキと揺れている。うるさい。静まれ、私の心臓！

思わず吊り革を掴《つか》んでいない左手で強くスカートを握りしめた。視線の先には周りにいる人の足元しか映っていないはずなのに、眠気を含むとろんとした彼の目が、ずっと頭から離れなかった。目が合ったのは、気づかないうちに私の視線がずっと……彼をとらえていたから……。

そんな胸のざわめきを感じた日から、私は毎朝園田君を探すようになっていた。探すといっても案外それは簡単で、何故なら園田君はいつも同じ場所に立っているから。私達が乗り込むドアと反対側の左右どちらかの端、そこに寄りかかっている。

園田君の前に誰かが立っていたり、私の前に人がいて視界が遮られる時もあって、そんな朝は少しだけ気分が沈む。しかもそれが駅に着くまでずっと続いた日には、朝の占いで最下位になった時のように、その日一日の運勢が悪いんだと思ってしまう。

たったそれだけでテンションが下がるくらいなら話しかければいいのに、入学して三週間、いまだに「おはよう」も言えていない。クラスメイトなのだから挨拶くらいしてもいいはずなのに、香乃との会話の合間にチラチラと視線を向けるだけで精一杯だった。

わざわざ人を避けて園田君の近くに行くのもなんだか変な気がするし、香乃だって、不思議に思うかもしれない。でも、たまたま入ってくる人の流れに押されて園田君の側に行けたのなら……そう考えるとチャンスがないわけではない。そうすれば、きっと言えるのに。これまでそんなチャンスは一度も巡ってこなかったけれど、今日こそはと心の中で祈りながら、駅前の信号を渡る。

「ねぇ奈々、四組は委員会決めた？」

改札を抜けながら香乃が聞いてきた。

「まだだよ。今日決めるとか言ってたような」

「うちのクラスも今日決めるんだよね。私なにやろうかなー。一番楽なのってなんだろうね」

「さぁ、結局どれだろうと楽な部分と面倒な部分があるんじゃないの？」

「奈々はいいよね、私と違って社交的だし、誰とどんな委員会になってもちゃんとこなせそう」

香乃の言う通り、子供の頃から私はどちらかというと明るく社交的で、その一方、香乃は人見知りで一見とても大人しく見える。一見というのは、私と一緒にいる時の香乃は言いたいことを割とハッキリ言うし、くだらない冗談も言って、似ていない物《もの》真似《まね》だって披露してくれる。つまり心を許した相手に対しては、自分の感情をきちんと出せるのだ。

学校でもそういう香乃を見せればいいのに、香乃いわく、それは恥ずかしくて無理なんだそう。まだ入学して三週間じゃ仕方がないけれど、香乃は本当に優しくていい子だし、私以外にも心を許せる友達が早くできるといいな。

「あっ、もう来たよ！」

階段を上がりきるのと同時に、ホームに電車が入ってきた。香乃はそのまま一番近い場所に立ち止まったけれど、私は咄嗟に香乃の手を握り、小走りにホームを真っ直ぐ進んだ。

「ここじゃ駄目なの？」

「駄目。三両目じゃなきゃ階段遠くなるでしょ！」

三両目じゃなきゃ、園田君に会えない。

息を切らして三両目のいつもの場所から電車に乗り込んだ瞬間ドアが閉まり、下を向いたままハァハァと乱れた息を整える。園田君に会うのを楽しみにしているのに、寝癖がついた髪が余計に乱れた状態なんて見られたくない。急いでサッと手で髪を撫《な》でた。

呼吸が落ち着いたところでゆっくり顔を上げると、反対のドアに外を向いて立っている園田君のうしろ姿がすぐに目に入ってきた。いつもはドアに寄りかかりながら眠そうに俯いていることが多いのに、外を見ているのは珍しい。背はそこまで高くないけれど、背中は意外と広いんだな。今、園田君の目にはなにが映ってるんだろう。なにを考えているんだろう。

「奈々、ねー奈々聞いてる？」

「え、なに？」

「奈々はバイトしないの？」

「バイトね、したいけど無理かな。部活忙しいし」

「そっか、そうだよね」

　私達の会話は、二メートルくらい離れている園田君にも、聞こえているんだろうか。もし聞こえているとしたら、園田君の方から話しかけてくれるということはないだろうか。

　……ないよね。園田君はいつも眠そうにしているし、この三週間なにも起こっていないのだから、そんなに都合よくいくはずがない。

「私バイトしようかな、奈々が部活やってる時、暇だし。この前行ったアイスクリーム屋とか募集してないかな」

「あー。うん。あそこの制服なら可愛いし、香乃に似合いそうだね」

　ごめんね、香乃。香乃と話をしながらも、私の意識はずっと、園田君に向いている。電車の揺れにふらついてぶつかってきた女性が軽く頭を下げると、恐らく「大丈夫ですよ」とでも言っているんだろう。気にしないで、とでも言うように、右手を軽く振りながら、微笑みを浮かべる園田君。そんな姿を見た私は薄《う》っすら笑みを浮かべてしまう。そしてドアが開くたびに少し体勢を変える園田君。その時に見える横顔に胸の奥が熱くなる。

声すらかけられないくせに、心臓の鼓動はずっとおさまらないまま揺られること三十分で駅に着くと、同じ制服を着た生徒たちが一斉に電車を降りた。

階段を下りて、改札を出て駅前の大通りの交差点を渡り川沿いの道を進み、短い橋を渡って学校を目指す。駅から十分、園田君のうしろを一定の距離を保ちながらも、まるでついていくみたいに歩く私達。時々吹きつける春の風にもそのサラサラの髪は乱れることはなく、歩きながらふいに空を見上げたり、横を通り過ぎるクラスメイトに肩を叩かれると、満面の笑みを浮かべながら「おはよう」と声を上げる園田君。

あっ、つまずいた！　石でもあったんだろうか、少しだけ前のめりになってしまい、友達にからかわれている。顔は見えないけれど、恥ずかしそうに笑う顔を思い浮かべた私は、思わずクスッと微笑んだ。

「奈々？　どうかした？」

「ううん、なんでもない」

電車に乗ってから学校に着くまで、彼の背中をずっと見ていられるこの時間が、なんだかとても幸せだと思える。

けれど、ただ見ているだけの自分とは、もうお別れする。今日は、今日こそは挨拶しよう。そう決めたのに、学校に近づくにつれて緊張で重くなる足取り。それに活《かっ》を入れるかのように一歩一歩力強く足を進めた。

同じクラスだから下駄箱で一緒になるし、タイミングはいくらでもあるけれど、香乃の前でいきなり話しかけたら香乃はどう思うだろう。毎朝同じ電車に乗っていることと、香乃は気づいているんだろうか。もし気づいているとしたら、今まで話しかけていないのに、このタイミングで急に話しかけるなんて変だと思われるのか、それともクラスメイトなのだから別になにも気にならないのか……。

「あっ！　ヤバい。今日私、日直で、朝先生のところに行くように言われてたんだった！　先行くね」

「え？　あぁ、うん」

計ったように訪れた展開に、正直驚いた。でもこれで、もう言い訳はできない。

校門を抜けると瞬《まばた》きの回数がやけに多くなった私は、園田君のうしろを歩く。うしろから肩を叩こうか、はたまたスキップしながら気楽に「おはよー」と声をかけながら通り過ぎるか、そんなことを考えていると、あっという間に下駄箱に到着してしまった。

他のクラスメイトと気軽に挨拶を交わす園田君の横で、緊張感マックスの私は手に薄っすら汗をかき、心はソワソワしていて上履きを履く単純な動作さえぎこちない。

先に上履きを履いた園田君が私に背を向けた時、全神経を研ぎ澄まし、つま先に力を込めて一歩前に進み、一瞬だけキュッと目を瞑《つぶ》って口を開いた。

「あの！　園田君、おはよう」

速くなる呼吸を抑えるように、両手を胸の前で合わせて握った。

「おはよう」

振り返った園田君は、少し驚いたように目を開いたあと、ニコッと笑って返事をしてくれた。

だけど困った、この先の会話はなにも浮かばない。固まったままただ黙って見つめる私に向かって、園田君は頬を緩ませて言った。

「教室、行こうよ」

「あっ、うん」

悩んで悩んで、やっと言えた簡単な一言。けれど悩んだ時間がバカみたいに、園田君の反応はとても普通だった。他の友達と挨拶をする時となんら変わらない、ハッキリとした口調で微笑みながらくれた『おはよう』は、想像以上に私の心を動かした。

挨拶を交わせたとはいえ恥ずかしさの残る私は、遠慮がちに半歩うしろを歩く。横顔が少し見えるだけだけれど、それでも背中しか見えていなかった時とは大違いで、自分でも驚くほど、私の心は喜びに満ち溢《あふ》れていた。

「おはよー！」

「おはよ」

教室に入るなり、園田君はいつも通り大きな声でクラスメイトに挨拶をした。それにつられて私も声を出す。

「なんだよお前ら、同伴通学か？」

「なんだそれ、アホか」

窓際に集まっている男子達のからかうような声を軽くあしらって、真ん中の一番うしろの席に着いた園田君。私はなんだか恥ずかしくて、俯きながら彼の席を通り過ぎようとした時、一瞬だけ視線を向けるとちょうど目が合ってしまい、再び園田君が微笑みかけてくれた。それなのに私は、パッと視線を逸らして急いで窓際の一番前に座る。

すぐに後悔したけれど、私にはまだ、可愛く微笑み返すとかそんな高度な技は身についていない。上手な返しができなくても、せめて私の席が園田君よりもうしろだったら、いつでも見られるのに。

学活が始まると、昨日の予告通り委員会決めが始まった。先生が各委員会の名前を黒板に書き出すと、席の近い生徒同士の相談し合う声で、教室内がにわかにざわめき出す。

「なにする？」

前の席のアユミが振り向いて聞いてきた。ロングヘアで茶髪のアユミは毎日きちんとアイメイクをしていて、グロスをつけている唇はいつでもぷるぷるだ。

正直今まで仲よくなってきた友達にはいないタイプだからか、前の席だと分かっても話しかけるのをためらっていた。けれど入学した翌日、朝のホームルームが始まる直前に、突然アユミがうしろを振り向き『さすがに初日は緊張したから黙ってたけどさ、そろそろ限界だから話そうよー。アユミって呼んでね』。そう言われて、私は思わず笑ってしまった。

教室中に響くほど大きくて高い声、おまけに無理やり私の手を握ってブンブンと上下に振ってきたアユミ。この時なんとなく直感した。アユミは絶対に明るくて楽しい子だと。

私のその直感は大当たりで、クラスの中で朝は遅刻ギリギリに登校してくることが誰よりも多いのに、挨拶するテンションは誰よりも高い。そんなアユミだからか、今ではクラスの女子のムードメーカーになりつつある。

「迷ってるんだよね。どの委員会も、どんな内容なのか詳しいことはやってみなきゃ分からないし」

「だよねー。どうせなら楽しいのがいいなー」

　本当にどうしよう。アユミの言う楽しい委員会がはたしてあるのかどうかは分からないけれど、とにかく図書委員だけは避けたい。静かな空間でジッとしているなんて絶対眠くなるに決まっている。

　悩みながらも脳裏に浮かぶのは、園田君の顔。園田君はなにをやるんだろうか。振り返りたいけれど、できない。

「……えー、じゃあとりあえず立候補でいこうか。かぶったらじゃんけんな」

　先生がそう言って一つ一つ委員会の名前を読み上げ内容を説明し、そのたびに手を挙げた人の名前を黒板に書き込む。図書委員って、意外に人気があるんだ。六人も立候補してるし。あーもう、本当にどうしよう。風紀委員も絶対無理だし、そしたら残りは……。

「次、文化委員。誰かいるか？」

　先生いわく、文化委員は文化祭の時のみ活動する委員会。文化祭の直前に決める文化祭実行委員もあるけれど、それは他の委員をやっている人が兼務する、あくまでも文化委員の補佐的役割。出し物を決めたり予算の計算や役割分担とか細かいことも含めて全体をまとめるのが文化委員。多分凄く面倒くさいだろう。でもモタモタしていたら最後まで残って、やりたくない委員会になってしまったらそれこそ最悪だ。面倒だとしても年に一回、文化祭の時にだけ頑張ればいいんだから……。

意を決して手を挙げた私は、他に誰もいないかどうか確認するため、ゆっくりと教室を見渡した。

すると、うしろの方で伸びている手。その手を見た私は、ハッと息を飲み、思わず自分の腕を下げてしまった。

「なんだ樋口、やるのかやらないのか？」

「や、やります」

再び手を挙げ、もう一人の立候補者の方を見ると、お互い確認するかのように合う視線。席が離れていて声は届かないからか、「よろしく」と言わんばかりに園田君が少しだけ口角を上げた。その瞬間、私の目には時が止まったかように彼の周りが透明に映り、胸がドキドキと高鳴った。

「よし、他にいないなら文化委員は決定な。樋口と、園田っと」

黒板には文化委員の文字の下に並ぶ、私と園田君の名前。文化祭はまだ先だし、つ いさっきまでは絶対に大変だと思っていた。いや、実際大変だと思うけれど、それよりも……。

もう一度振り返ると、隣の席の男子にちょっかいを出されて笑っている園田君。曇りのない太陽のような笑顔。ただそれだけで、私の心臓は、いとも簡単にキュンとなる。

　面倒だけれど、年に一回だけだからと我慢にも似た決意で手を挙げたはずなのに、こういう時、人はとてもわがままになる。早く、文化祭にならないかな……。


　ホームルームが終わったところで、鞄《かばん》を持ち上げながらアユミが聞いてきた。

「今日部活？」

「うん、もちろん」

「そっかー、毎日練習とかマジ凄いよね。頑張ってね」

「うん、アユミもバイト頑張って」

　中学からバスケを始めて、すっかりバスケの楽しさにはまってしまっていた私は、高校でも当然ながらバスケ部に入部した。この高校は都大会で優勝するほどではないけれどそれなりに強くて、勝ちたいという意識の高い先輩達や、ちょっと怖い顧問の先生も私にはいい刺激になる。次の大会、私はまだ出られないと思うけれど、勝ちたいな。

　ジャージに着替え、入学祝いに買ってもらったお気に入りの赤いバッシュを手に持ち、体育館へ向かった。一年生はまだ部室を使えないから、鞄は体育館の隅に置く決まりになっている。鞄を下ろす前に一度スマホを確認すると、香乃からＬＩＮＥが入っていた。

『部活頑張ってねー。ていうか私風邪引いたかも。鼻水止まんないよー』

風邪か。そういえばここ一年は引いていないかも。そう思いながら『早く寝なよ』と返信をしてスマホをしまい、まだ誰も来ていない体育館でバッシュを履いていた。

高校の体育館は中学校よりも広くて天井も少し高い気がする。それに今年の三月に建て替えたばかりだからか、ライトが当たると床はつやつやと光っていて、まだ残る木の香りも新しさを感じさせる。

今日はバレー部が体育館の半面を使う日で、もう半面を男子と女子のバスケ部が半分ずつ使うことになる。つまり全面を使った試合はできないということだ。

「あれ？　まだ一人？」

突然聞こえてきた声に驚いて顔を上げると、白いTシャツにジャージ姿の園田君が立っていた。

「あ、うん。私、急いで来たから」

園田君が同じバスケ部だということも、前から知っていた。でもこうして体育館で言葉を交わすのは、これが初めてだ。自分から挨拶したのも今朝が初めてなのだから、あたり前だけれど。もしかしたら今日をきっかけに仲よくなれるかもしれない。そんな期待が一気に膨らむ。

座っている私のすぐ横に立ち、壁に寄りかかっている園田君。距離が近いというだけで、慣れているはずなのに上手く紐《ひも》が結べない。

「そういえばさ、文化委員、宜《よろ》しくね」

「うん、宜しく……」

社交的な性格のはずなのに、園田君が相手だとどうしても駄目だ。緊張して声が小さくなり、言葉が途切れてしまう。

「樋口って、中学でもバスケ部だったの？」

「うん……」

「いいなー、俺も中学からやってたら全然違っただろうな」

「中学の時は何部だったの？」

「陸上部。走るの好きだから、陸上部も楽しかったんだけどね」

「そっか」

陸上部で走っている園田君か。百メートルを全力で走り切った園田君は、きらりと光る汗を真っ白なタオルで拭って、スポーツドリンクを飲む姿はきっとＣＭに出てくる俳優のように爽やかで……。想像しただけでニヤケてしまい、俯きながら慌てて唇をキュッと強く結んだ。

バッシュを履き終え立ち上がると、園田君は持っていたボールを私に渡した。

「え？」

「ちょっとシュートしてみて」

突然の申し出に一瞬戸惑ったけれど、園田君の要望に応えるため、私はフリースローの線まで下がった。そして胸よりも少し高い位置でボールを構え、そのまま斜め上に真っ直ぐ腕を伸ばしてボールを放つ。

ボールは弧を描きリングに当たることなく、シュッという音を鳴らしながらネットを揺らした。この音が聞けると、私のテンションも自然と上がる。

「綺麗なシュートだな」

「あ、ありがとう。ていうか見られてると緊張する」

「俺は高校から始めたから素人《しろうと》だし、全然駄目なんだ」

ボールをポーンと高く上げながら、園田君が呟いた。

「今までは体育とか遊びでしかやったことなかったけど、部活として真面目にやってみたらバスケって面白いんだなって気づいてさ、もっと上手くなりたいな」

ハッキリとした口調でそう言い、ボールを見上げる横顔は、とても凛《りん》としていた。

「って言ってもこの通り、ドリブルもまだおぼつかないけどね」

その場でダンダンとドリブルをしてみせた園田君。私もバスケを始めたばかりの時はボールを思うように扱えず、パスをすれば相手に取られ、シュートは当然外れてばかり。自分のイメージするプレーとはほど遠くて、早く上達したくてがむしゃらに頑張った。だから上手くなりたいという気持ちは凄く分かる。

さっきまでは緊張して上手く言葉が出なかったけれど、バスケが面白いと言ってくれて、昔の自分と同じ思いをしているのだと分かっただけで、少しだけ距離が縮まったように感じた。だから、上手くなりたいという園田君の気持ちを応援したいと強く思った。私にできることが少しでもあるのなら、微力でも園田君の力になりたい。

「バスケなら……」

「ん?」

「バスケは唯一の特技だし、分からないことがあったらなんでも聞いて。自主練とかもしやる時があれば、私いくらでも付き合うし。あっと、あの……私もバスケ好きだし」

少し偉そうだったかと思い、取ってつけたような言い訳をして苦笑いを浮かべたけれど、私の不安をよそに、園田君は「ありがとう」と言って微笑んだ。何度も何度も見ているのに、どうしてこうも胸が締めつけられるんだろう。その笑顔を見るたびに、園田君への想いがこんこんと湧き上がってくるのを確かに感じていた。

そのすぐあとから他の部員達が次々とやってきて、ボールの音や話し声で一気に騒がしくなった体育館。

「じゃー、部活頑張ろうね」

「うん」

二人きりだった時間は、多分ほんの数分だったと思う。それなのに、園田君の優しい笑顔と心地よい柔らかな声は消えることなく脳裏に焼きつき、ハードな練習中でもそれが消えることはなかった。


部活が終わって家に帰ると、すぐに香乃へLINEを送った。熱はないみたいだけれど、とにかく鼻水が凄いらしく、クマのような変なキャラクターが涙と鼻水を垂らしているスタンプが何度も送られてきた。

LINEでやりとりできるなら、まぁ大丈夫だよね。

*

翌朝、私の予想に反して、熱が出たから休むと香乃のお母さんから連絡があった。本人が直接連絡をしてこないということは、結構熱が高く、しんどい思いをしているのかもしれない。今日は部活もないし、香乃の好きなコンビニのプリンでも買って帰ろう。

入学以来ずっと香乃が一緒だったから、一人で学校に行くのは今日が初めてだ。香乃の家から三軒続く一軒家、そこから並ぶコンビニに美容院、一階が学習塾になっているる茶色のマンションも、駅までの道のりはいつもと同じはずなのに、なんだか少し違って見える。

電車の中でも、話す相手がいないのはちょっと寂しい。そう思った時、ふと浮かんだのは園田君の顔だった。

一人だからか自然と歩く速度が上がってしまい、昨日より少し早くホームに着いた私は、いつもの場所で電車を待った。もう挨拶もしたし、バスケの話もしたし、なにより委員会も同じなのだから、話しかけたって不自然なことはなんにもない。以前までとは状況がまるで違う。だから、この胸のドキドキさえおさまってくれたら、話しかけられる。

電車がホームに入り、プシュッと音を鳴らしてドアが開くと、やっぱりいつもの位置に園田君は立っていた。今日はドアに寄りかかったまま目を瞑って俯いている。電車に乗ったそのままの勢いでおはようって言おうと思ったのに、目を瞑っていられると行きにくいな。

ドアが閉まり、ガタッと揺れながら電車が発進すると、俯いていた園田君がパッと顔を上げた。反射的に今度は私が俯く。って、下向いてどうすんのよ！

次の駅に着いた時、ちょうど園田君の前に人が立ち、姿が見えなくなってしまった。視界を遮られるということは、行って話しかけろと背中を押されている気分だ。その次の駅に着いた瞬間、鞄の持ち手を両手で強く握った私は、意を決して園田君が立っている場所に向かった。まるで満員の人混みを掻き分けて歩くほどの気合いの入れようだけれど、実際はたった五歩で行ける距離。

「あの、おはよ」

「おお、おはよう。気づかなかった。あれ？　今日は一人？」

今どこの駅だと確認するかのように、キョロキョロと窓の外へ視線を向けた園田君。

「香乃は風邪引いちゃって休みなんだ」

「香乃ちゃんって言うんだ。毎日一緒に学校行ってるよね」

「うん、幼馴染みだからね。小さい頃からずっと一緒なんだ」

「へぇ、そういう関係っていいね。俺は幼馴染みなんていないからな」

園田君は座席横の手すりに寄りかかり、私はそんな園田君の方を向いて吊り革に掴まった。思っていたよりも自然に話せている自分に驚き、同時にこんなことならもっと早く話しかければよかったと少しの後悔が過《よぎ》る。

「樋口って、朝練行ってる？」

「あー、まだ行ってないよ。来月から月に一回くらいは行こうと思ってるけど」

「そっかあ。俺まだまだ下手だから、朝練に行きたいんだけどさ、うち親が共働きなんだよな。俺が朝練に行くと弁当の準備で親が早起きしなきゃいけないだろ？　迷惑かけたくないから朝練は我慢してるんだよな。代わりにバイトない日は夜走ったり、休みの日に近所の空き地でちょっと練習したりはしてるんだけどさ」

「空き地で？」

「ああ。ゴールもないただの空き地だけど、なにもしないよりはマシだと思って」

「園田君て、本当に真面目だよね」

「真面目っていうか初心者だからさ、できるだけボールを触ってないと手の感覚を忘れちゃう気がして」

自分の大きな手を顔の前にかざして眺めている園田君。真面目だよ。そんな風に考えること自体が、真剣に部活と向き合っている証拠だ。

園田君はゴールもない空き地で、と言っていたけれど、実はうちの近くにバスケットゴールを設置している広いグラウンドがある。そこで一緒にやろうと言ったら、迷惑だろうか。さすがに一緒にと言うのは、まだそこまでの仲ではないから早すぎる気がするけれど、場所を教えてあげることはできる。ゴールはないよりもあった方が絶対にいいし。

「あのさ……うちの近くにね、無料で遊べるグラウンドがあるんだ。バスケのゴールもあって……」

「マジ？　誰でも使えるの？」

私の不安をよそに、大きな目をさらに大きく見開き、子供のように瞳を輝かせながら私を見つめた。

「うん、人が使ってる時は待たなきゃいけないけど、平日の夜とか休日の朝だったら空いてることが多いよ」

「そこ教えてほしい！　休みの日なら朝でも大丈夫だし、行ってみたい」

たとえ〝一緒に〟という意味ではないとしても、興奮していつもより少し声が高くなってしまうほど喜んでくれたのなら、それだけで私はじゅうぶん嬉《うれ》しくて、幸せという感情が心に満ち溢れてくる。

「とりあえず交換しない？」

「え？」

園田君が鞄から取り出したのは、スマホだった。

「番号交換しようよ、ＬＩＮＥはやってる？」

「あっ、うん、やってるよ」

「じゃーその場所、あとで時間ある時ＬＩＮＥで送ってくれる？」

「分かった」

交換したあとスマホを確認すると、そこには確かに『園田修司』の文字があった。

「あとさ、園田君じゃなくて修司でいいよ」

「私も……奈々でいい」

毎朝乗る電車の中で、まず一番に探していたのは、修司の姿だった。変わらない通学電車、変わらない彼の横顔。私はいつの間にか、恋をしていたんだ。窓から見える景色がどんなに綺麗だったとしても、なにも映らないくらい、私は修司だけを見つめていた。だけど……。

――さよなら、通学電車。

◇◇◇

「樋口って結構乙女だよな」

「最初の感想がそれ？」

「だって、こういう時、なんて言うのが正解なのかわかんねぇし」

八駅目を通過したところで両手で吊り革に掴まり、外を見ながらゆらゆらと左右に揺れている幸野君。

確かに、今が修司と番号を交換した日の翌日だったりしたら、なにかしらアドバイスをくれたり相談に乗ってもらうということもあるかもしれないけれど、そうではない。

「まぁそうだよね。いきなり人の恋愛話聞かされても困るよね」

「別に困りはしないし聞きたいと思うけどさ、今時の女子高生ってもっと恋愛に慣れてるのかと思ってた」

今時って、幸野君だって今時の男子高校生なのに、なんだかオヤジみたいな発言。

「漫画やドラマ見てキュンキュンしたり妄想するのは簡単だけど、実際はそう簡単にはいかないんだよ」

「へぇー、そういうもんなんだ」

遠くにスカイツリーがチラッと見えることに気づいたのは、いつだったっけ。

……そうか。あれは一人で電車に乗って、ボーっと外を眺めていた時だった。あっという間に過ぎてしまうはずの通学電車が、永遠かのように長く感じられた時。

「で、これからどうすんの？」

「次で降りる」

「だろうな」

駅に到着し、すぐ近くにある階段の上で一度立ち止まって振り返ると、プシュッという音を鳴らしてドアが閉まった。そのドアの斜め上にある『3』の文字を見つめると……胸が痛む。私は再び動き出した電車を目で追いながら、「ばいばい」と小さく呟いた。

「行こう」

「ああ」

駅を出ると、全てを吸い込んでしまいそうな澄みきった青空が広がっていた。風が流れて太陽が昇り、徐々にみんなが動き出す時間が訪れる。

「こっちでいいんだろ？」

幸野君は学校に向かう道路を指さし、私は頷いた。

毎日通っている通学路にある川沿いの道。川というと土手のある大きな川を想像しがちだけれど、ここはそんなんじゃない。流れているのは三、四メートルくらいの幅の川だ。それでもこの道が川沿いということに間違いはない。

「で？　教えてやったグラウンドで一緒に練習とかしたのか？」

「したよ。といっても予定がなかなか合わないから、一度だけ」


うちの学校では、テストの一週間前になると部活動は停止になる。修司からLINEが届いたのは、一学期の期末テスト一週間前の日曜日だった。

『一週間も部活やれないなんて嫌だよな。実は今、奈々が教えてくれたグラウンドにいるんだ。ここ最高じゃん』

朝の七時、ベッドの中で読んだからか、一瞬夢なのかと錯覚した。けれどカーテンの隙間から差し込む朝日に目を細め、スズメの鳴き声が聞こえてきた瞬間、私は勢いよく飛び起きた。そして、もう一度LINEを確認する。

ボサボサの頭とTシャツ短パン姿の私は、『ちょうど私も行こうと思ってたから、行ってもいい？』と返事を送り、急いで準備をして、グラウンドに着いたのは二十分後。七時過ぎという時間だからか、サッカーもできる広いグラウンドには誰もいなかった。

グラウンドの右端にある二つのバスケットゴール。その奥のゴールに向かってシュート練習をしている修司を見つけた時、学校で会うのとはまた違って、なんだか特別な気がして嬉しくて、ただそれだけで涙が込み上げてきた。修司を見ているだけで、私を取り巻く世界が眩しいくらいに明るく染まっていく。

「一緒に練習ってことは、結構仲いいんだろ」

「最初は緊張してたんだけどね、ほら、修司っていつも笑ってるから、こっちまで自然と明るくなれて会話も弾むんだよね」

「あー、確かに。あいつの笑顔は周りにも光を振り舞くっつーか、俺とは正反対だな」

「……そ、そんなことないよ」

「今一瞬考えただろ？　そりゃそうだよな、同じ明るいでも俺はおちゃらけ担当で、あいつは爽やか担当だからな」

すねたように口を尖《とが》らせた幸野君を見て、私はまたプッと噴き出した。本当に、そんなことはないと思う。だって私が今笑えているのは、確実に幸野君の明るさのお陰なのだから。

川沿いを五分ほど歩いたところにある短い橋を反対側に渡るのがいつもの通学路だけれど、私はそこで立ち止まった。

「どうした？」

「こっち、行っていい？」

橋とは反対側に体を向ける。

「俺は樋口についていくだけだから別にいいけど。こっちってラッキーロードの方？」

「うん」

ラッキーロード。なんだかとても賑《にぎ》やかでパレードでも始まりそうなネーミングだけれど、もちろんパレードなんて行われていない。少し大き目の商店街といった感じ。一応途中まで屋根がついていて、距離も結構長い。

「ずっと気になってたんだけどさ、ラッキーロードの屋根ついてるところと屋根なしのところじゃ、家賃とか全然違うのかな」

「そんなことずっと気になってたの？　幸野君て面白い」

「だってさ、商店街に行く側《がわ》の立場としたら、雨降ってる日は屋根の下だけで買い物済ませたいって思うじゃん。そうなったら屋根なしのところにある店は不憫《ふびん》だなって」

「そうだね。多分全然違うんじゃない？」

幸野君と話していると、なんだか学校帰りにただ寄り道をしているだけのような気分になる。いい意味で、軽くて緊張感がなくて肩の力が抜けるから、今の私にはちょうどいい。

ラッキーロードに入ると、両サイドにずらりとならんだお店は当然ながら全て閉まっている。うるさく賑わっているはずの場所が怖いくらいの静寂に包まれていると、なんだか不思議だ。

「ていうか今何時なんだ？」

「分かんない。時計ないし。でもあそこのパン屋もまだ閉まってるし、六時半くらい？」

少し先にあるお店を指さしながら言った。

「じゃーみんなまだ寝てるかな」

「さぁ、どうだろう」

香乃はきっとまだ寝てる。朝は弱い方だし、準備には時間がかからないタイプだから起きるのは結構ギリギリだ。

「しっかし静かだよな」

「うん」

始発電車もそうだったけれど、こんなに静かなラッキーロードを歩いたのは初めてだ。

しばらく歩くと、左側にはバターとハチミツだけのシンプルなホットケーキが絶品のレトロな喫茶店があって、その先に百均が見えてきた。もちろんシャッターは閉まっている。通り過ぎようと思っていたのに、足が勝手に止まってしまった。

シャッターの方を向き目を瞑ると、今でも鮮明に浮かんでくる。笑い声も笑顔も、迷い戸惑っている自分の姿でさえ……。

「樋口どうした？　百均行きたいのか？」

幸野君が心配そうに私の顔を覗き込んだ。

「私ね、文化委員だったの。だから文化祭の準備でここには何回か来たんだ」

「へー、そうなんだ。文化委員ってちょー大変だっただろ？」

「うん、もの凄ーく大変だった。トラブルもあったし……」

第三章　文化祭にさよなら。

「では、四組はポップコーン店ってことで、賛成の人は拍手をお願いします」

教壇に立っている修司の言葉に、教室中が拍手の音に包まれた。私は黒板に書かれているポップコーンの文字に、赤いチョークで丸をつける。それと同時に、文化委員である私と修司に加えて、アユミを含めた三名が文化祭実行委員に決まった。

その日の放課後、早速教室で役割分担や、やらなければいけないことの話し合いをすることになった。事前に修司が簡単にノートにまとめてくれていたのを見たけれど、決めることが多くてこれは想像以上に大変かもしれない。

とはいえ、文化委員に立候補したからには弱音を吐いてなんかいられない。みんなで協力して、最後まで頑張ろう。

「ポップコーンの機械は借りられるところがあるみたいだから、先生に聞けば大丈夫かな。味つけをどうするかは、それぞれ考えてこよう」

「あっ、じゃあ機械は、私、先生に聞いて電話したりするよ」

「ありがとう、じゃーそれは奈々頼むな。部活忙しいのに助かるよ」

「そんなのはお互い様でしょ」

話し合いでは修司が仕切り、ノートにメモを取る書記のような役割をしている私は急いで、『ポップコーン機：樋口、味つけ案出し：全員』とノートに書き込んだ。

「あとはポスターと教室の装飾だな」

「私、ポスターやろうか？　奈々がいるから実行委員に立候補したけど、バイト忙しくて、もしかしたらみんなと一緒にってなると、思うように手伝えないかもしれないから。でもイラストなら家でできるし、こう見えて結構得意なんだよね」

アユミが描いたイラストは、前に見せてもらったことがあったから、絵が上手いのは知っていた。少女漫画のような可愛い女の子だけでなく、オリジナルで考えたという小動物のようなキャラクターもとても上手だった。

「マジで？　すげー助かる。俺絶望的に絵が下手だからさ、アユミみたいに絵が上手い奴って尊敬するわ」

仕事内容とそれに必要な人数などをきちんとまとめ、段取りよく上手に進行していく修司は、きっとリーダー向きなんだ。それに加えて褒めるのがとても上手で、やる気がみなぎるような言葉を自然とくれる。

「任せてよ」

早速イメージを膨らませたのか、アユミは嬉しそうにはにかみながら、持っていた小さなメモ帳にイラストを描いていた。

「このメンバーで部活やってるのは修司と樋口だけだから、無理しないで俺らに遠慮なく言えよ」

修司と仲のいいタクヤ君がポンポンと修司の肩を叩いて言った。文化祭まで一ヶ月、今の感じなら順調に進みそうだ。

話し合いが終わり、部活に行くために急いで着替えをして廊下に出ると、そこには修司が立っていた。

「なぁ、奈々」

「どうしたの？　修司も部活でしょ」

「そうなんだけどさ、部活終わったら一緒にラッキーロード行かねぇ？」

「え、なんで？」

「百均行って、とりあえず装飾に必要な物を見ておきたいんだ。学校からもらえる物だけじゃ足りないだろうって先生も言ってたし」

「修司ってほんと真面目だね。うん、いいよ。じゃー部活先に終わった方が校門で待ってよう」

なんでもないような口調で返事なんかしちゃって、本当は嬉しすぎて心臓ドキドキなくせに。誤魔化すのが上手くなったな、私。

「了解、そんじゃ部活頑張ろうな」

それだけ言うと、修司は走っていってしまった。

お互い部活が忙しいし、おまけに修司は部活のない日はバイトまでしているから、仲よくなったとはいえ放課後一緒に遊んだりどこかへ行ったりしたことはなかった。

ただ、文化委員に決まってから、こういうこともあるんじゃないかとどこかで期待している自分がいた。ネットで検索すると、好きな人と文化祭の準備で一緒に過ごす時間が増え、交際に繋《つな》がったというブログを見たこともある。

ラッキーロードの百均か。しかも部活終わりに行くということは、帰りも一緒だということだ。想像しただけで頬が緩む。嬉しくて変なテンションにならないように気をつけよう。


部活を先に終えたのが私だったので、変に勘ぐられないようにわざとゆっくりと着替えをして、他のメンバーが帰ってから門の前まで行って修司を待った。外はまだ少し明るいけれど、文化祭を迎える頃には日が落ちるのも早くなっているんだろうな。

鞄からスマホを取り出すと、珍しく香乃からのＬＩＮＥは入っていなかった。

友達のツイッターやネットニュースを見ていると、校舎の方から話し声が聞こえてきた。そろそろ来るかな。落ち着いているようで実は物凄く緊張していること、修司にバレないだろうか。休み時間には自然と話したり、バスケの話やなんでもないＬＩＮＥのやりとりも時々しているから、女子の中では一歩近い存在になれたと自分では思っているけれど、二人きりとなるとやっぱりドキドキして落ち着かない。

近づいて来た足音は、男バスのメンバーだった。先輩達が誰を待っているんだと言わんばかりに私の方をチラチラ見ながら通り過ぎていく。なんだか恥ずかしくて、私はわざとスマホをいじりながら顔を見られないように視線を下げた。

その少しあとに修司がやってきた。

「ごめん、遅くなった」

「ううん」

「じゃー行こうか」

修司の横を並んで歩く私は、もううしろ姿だけを見ていた私とは違う。横を見れば笑っている修司がいて、腕が一瞬触れた時には心臓が飛び出そうになったり、ラッキーロードまでの僅かな道のりは、とても貴重で大切な時間だった。

百均に着くと早速中に入り、文具コーナーで画用紙や色紙などを見たあと、飾りつけに使えそうな小物はないかと店内を見て回った。

「看板用のでっかい紙は学校で用意してくれるから、飾りつけとかメニューを書いたりの準備もしないとな」

「うん。お店の前に置くメニューは、紙よりもコルクボードとかの方が雰囲気出ていいんじゃない？」

「それナイスアイデア！」

「原宿とかにありそうなポップな感じのお店を目指そうよ」

「ポップコーンだけにな」

「うわ、おやじギャグ」

大きな口を開けて店内に響き渡るほどの声で笑い合う私達。うるさくて迷惑だったかもしれない。だけど今の気持ちを抑えたくなかったし、楽しいという感情を修司と共有したかった。

文化委員に私と修司が立候補したことは本当に偶然で、こういうのを運命の始まりと言うのかもしれない。そんな風に思ってしまうほど、私の気持ちは真っ直ぐ修司に向けられていた。

「とりあえず、なにがあるのかだいたい分かったから、またみんなと相談して買いに来よう」

「そうだね」

下調べをしたおかげで、実際の買い出しはきっとスムーズにいくはず。こんなところでも修司は抜群のリーダーシップを発揮している。

「あっ、俺、リストバンドがほしかったんだ。売ってるかな？」

見て回った限りでは見かけた記憶はない。もう一回丁寧に見てみようと、二手に分かれて探すことにした。こんな時に限って店員は見つからないし、レジは混んでいる。百均は割となんでも置いてあるけれど、実は探すのが大変だったりする。ここの百均が広いということもあるけれど、普段買わないようなものは特にそうだ。

靴下などが置いてある場所を見ながら修司のいる方に視線を移すと、顔を上げてこちらに向かって手招きをしている。急いで修司の側に行くと、黒と青、二つのリストバンドを手に持っていた。

「あったの？」

「うん。なぁこれ、どっちがいいと思う？」

二つのリストバンドを片手ずつ持ち、私に見せてきた。どうしよう、真剣に悩む。きっと自分のだったらどっちでもいいやと即決してしまうけれど、修司が着けるんだと思うと簡単には決められない。

「黒は汚れが目立たないけど、青もいいな……」

「もしかして奈々って、結構優柔不断？」

「いや、そういうわけじゃないけど」

修司のだからこんなにも悩むんだ、などと言えるはずがなく、これ以上悩むのもおかしいからと青いリストバンドを指さした。修司には、青が似合う。爽やかな初夏らしい澄みわたる空の色。

「じゃーこっちにしよう。明日の部活でさっそく着けなきゃな」

百円のリストバンド、たったそれだけなのに、私が選んだ物を修司が着ける。こんなにも幸せなことがあるだろうか。胸の奥が熱くなって、両手を広げて喜びを全身で表したいくらいだ。

「俺さ、奈々に言ったっけ？」

「ん？　なにを？」

「奈々のシュート、凄い綺麗だって」

「えっ……」

「奈々のフォームは全然乱れてなくて、本当に上手いよ」

それは、バスケをしている私を一瞬でも見てくれていたということだろうか。

嬉しい、嬉しいよ。ここがお店の中じゃなかったら、周りに人がいなかったら、もし一人だったのなら、私はきっと泣いていた。

「ありがとう、嬉しい……」

修司と話をしていて、久しぶりに少しだけ声が震えた。

「だって、本当のことだから。じゃーこれ買ってくるね」

そう言いながらレジに向かった修司がリストバンドの会計を済ませたあと、私達はお店を出た。

店にはどれくらいいたんだろうとスマホで時間を確認すると、一時間も過ぎていたことに気づき驚いた。長くいた感覚はないけれど、楽しい時間はあっという間に過ぎるというのは本当なんだ。

でもこれで終わりじゃなくて、ここから駅に向かって、そして電車も一緒なんだ。帰りに修司と一緒に電車に乗るのは初めてで、しかも二人きり。来るときには緊張でほとんど話せなかったけれど、もう大丈夫。駅に向かう道のりを無駄にしないようにと、できるだけ沢山話をした。途切れることなく続く会話、二人で笑い合うたびに、顔がほころび息が弾む。

「……でさ、貴斗がそこで突然歌い出したから、緊張感が途切れてみんなで笑っちゃってさ」

「へー、幸野君ってそんなに面白いんだ。今度話してみたいな」

「マジいい奴だよ。うるさいけど、意外と真面目なところもあってさ」

「そうなんだ」

駅前の信号が赤になり立ち止まると、初めて二人の間に沈黙が訪れた。赤に変わったばかりの信号を見つめながら、手をギュッと握りしめる。

「ねぇ修司、今度……」

「奈々!!」

カラオケでも行かない？　そう言おうとした時、うしろから私を呼ぶ声が聞こえてきた。よく知っている声。だけどすぐに振り返れないのは、心のどこかに罪悪感を感じているからだ。隠しごとなんてしたことがない、なんでも言える関係なのに、私はまだ修司への恋心を香乃に話していないから。

「あれ、香乃じゃね？」

先に振り返ったのは修司だった。

「ほんとだ、香乃！　なにやってるの？」

笑顔を作り、香乃に向かって大きく手を振った。

朝の通学電車の中では、修司と挨拶を交わして話をするのがあたり前になった毎日。でもそこには、香乃もいる。私が修司と仲よくなったように、ごく自然に香乃も修司との距離を縮めて、いつしか「香乃」と呼ばれるようになっていた。

「私も一組の実行委員になったでしょ？　だから今みんなでファミレスで作戦会議してたんだ」

「一組はホットドッグだっけ？　香乃大丈夫かよ、天然だから心配だな」

「もう、天然じゃないっていつも言ってるのに」

「本当の天然は自分で天然とは言わないんだよ」

心臓がドクンと揺れて、なんだか落ち着かない。香乃は好きな人ができるとどうしていいか分からず、すぐに私に相談してくるタイプだから、修司に特別な感情を抱いている可能性はない。そんな言葉は香乃から一言も聞いていないから。それでも修司が香乃と呼ぶことに少しだけ複雑な気持ちになってしまうのは、それだけ私の〝好き〟が大きいからなんだ。

まさか自分が香乃にまで嫉妬《しっと》するなんて思っていなかった。今度ちゃんと話そう。私がやきもちを焼いていたなんて言ったら、香乃は「嘘でしょ?」とか言って笑うんだろうな。

「奈々、もう帰るの?」

「帰るよ。香乃も一緒に帰ろう」

「うん!」

香乃の笑顔はお人形さんみたいで本当に可愛い。香乃が笑ってくれると私も自然と笑顔になれる、私の大切な幼馴染み。

*

実行委員以外にも、クラスのみんなが積極的に参加してくれたおかげで準備は順調に進み、ついに文化祭当日を迎えた。

準備期間中は修司と一緒にいられる時間も多く、今まで知らなかった修司のことも沢山聞けた。リーダー向きだという私の分析は当たっていて、中学の時は生徒会長をしていたこと。モテ期は小学校六年の時で、バレンタインに十二個もチョコレートをもらったこと。中二の時、陸上部の大事な大会の前に怪我《けが》をして人生で一番落ち込んだことも。毎朝バナナを食べているとか子供みたいにピーマンが苦手とか、そういう小さいことまで沢山、修司を知ることができた。

今まで自分はあまり運がない方だと思っていて、〝ラッキー〟とか〝ついてる〟なんて出来事は思い出す限りほとんどない。でも、この高校に入って四組になって、文化委員に立候補したことだけは、神様が味方してくれたんだと思えた。

「文化祭楽しみだね」

ホームで電車を待っていると、香乃が準備中に撮った写メを私に見せてくれた。

「うん、凄い楽しみ。へー。一組はそんな感じなんだ。ホットドッグ、クラスが落ち着いたら食べに行くからね」

「ほんと？　私も行くから！　ちなみにおすすめの味は？」

「絶対ハチミツバター！」

私が提案したハチミツ味と、修司が提案したバター味。これを一度遊びで混ぜてみたら想像以上に美味《おい》しくて、そのまま採用になった。つまり、二人の合作。最高傑作。

「へー、甘じょっぱい感じなのかな？　楽しみ」

きっと何度も見たんだろう、少しよれた文化祭のしおりを眺めながら、香乃は大きい目を細めて笑った。

「あ、電車来たよ」

電車に乗り込むと、いつもより早い時間の電車だからか少し空いているような気がした。

「今日K高校も文化祭らしいね」

私がそう呟くと、香乃は吊り革に掴まりながらキョロキョロと辺りを見渡していた。

「どうした？」

「今日、修司いないね」

「ああ、なんかソワソワするから早く行くって朝ＬＩＮＥが来たよ」

「そっか、なんか修司らしいね」

「うん」

電車を降りて学校に向かっていると、ちょうど橋を渡ろうとしたところで修司からの着信があった。

「おはよ。どうしたの？」

『問題発生、あのな……』

電話を切った私は、通行人の邪魔にならないよう端に寄り、一度立ち止まって頭の中を整理しようとなんとか心を落ち着かせた。

「奈々？　どうかした？」

「どうしよう……」

　ポップコーンの機械は二台頼んだはずなのに、一台しか来ていないという話だった。文化祭の時期だからか当日しか借りられなくて、今朝先生が取りに行ってくれるようになっていたのだけれど、修司が学校に来たら一台しかなかったと。先生に確認したら、貸し出すのは一台だと聞いていますとお店の人に言われたらしい。借りるための連絡は私がした。でも私は確かに二台とお願いしたはず……。

「一台じゃ無理なの？」

「あの機械だと、四人分作るのに五分かかるの。作り立ての方が美味しいからって、みんなで出来立てを出せるように決めて……だから二台ないと……」

　じんわりと手に汗が滲《にじ》み出てきて、言い表せない不安が胸を締めつけた。

「私が……」

「奈々、落ち着いて。もう一台借りられないの？」

　私は香乃の言葉に俯きながら大きく首を振った。余っている機械はないと言われたと、さっき修司が言っていた。それに、ポップコーンの機械を近くで貸してくれるようなところはない。今からネットで検索して取りに行って、なんてしていたら絶対間に合わない。

「どうしよう……みんな、凄く頑張って準備して、私が部活で手伝えない時も……みんなは……」

修司は、今から作り始めれば一台でも大丈夫だって言ってくれたけれど、それでは駄目なんだ。色んな味がついた出来立てのポップコーンを食べた時のみんなの笑顔を思い出すと、涙が溢れてきた。罪悪感が襲ってきて耐えがたい焦りを感じ、どうにかしなきゃいけないのに、なにも思いつかない。

「奈々、落ち着いて！」

香乃は私の背中を擦《さす》りながら、真剣なまなざしで私を見つめた。

「香乃……」

「ポップコーンを作るには、機械の他にどんな方法がある？」

「えっと、あとはフライパンかな」

「それなら今すぐ修司に連絡して、先生に家庭科室のガス台とフライパン使えるか聞いてもらって」

動揺している私に、香乃はとても落ち着いた口調でそう言い、私は急いで修司に電話をかけた。

「あ、もしもし修司、あのね……」

『……うん分かった、じゃーとりあえずまたすぐ折り返す』

怖くて、不安で、心臓の鼓動はいつまで経っても落ち着いてくれない。足が震えてたまらずその場にしゃがみこんで、祈るようにスマホを両手で握っていると、私の手に香乃の手がそっと重なった。

「奈々、大丈夫だよ。もしどうにもならなくて予定通りにいかなかったとしても、それも文化祭の思い出になる」

「…………」

「きっとお店のおじさんが聞き間違えただけだよ。四組のみんなが奈々を責めることは絶対ないし、もし万が一そういうことがあったら、私がみんなを怒ってやる！」

「香乃……」

「それにさ、修司はそんなことで誰かのせいにしたり、ガッカリするような人じゃないでしょ？　こんなトラブルなんか、きっと気にもしてないよ」

泣かないように必死に耐えていたのに、ずっと私に微笑みかけてくれている香乃の顔を見た瞬間、目に溜《た》めていた涙がぽろっと零《こぼ》れ落ちた。

「ありがとう……でも、最後まで諦めないで、できることはやってみる」

出来立てのハチミツバターの味は、本当に美味しかったから。今まで食べてきたポップコーンとは全然違う。みんなで試食をした時、甘くてほんのりしょっぱい味が口いっぱいに広がった瞬間、全員が驚いたように目を丸くして顔を見合わせ頷いた。そして、みんなのポップコーンを食べる手が最後まで止まらなかったんだ。

一年四組としての文化祭は一度きり。文化委員を一緒に頑張った修司やクラスのみんなと、楽しかったねって、笑って終わりたい。

立ち上がって折り返しの電話が来るのに備える。そして修司からの着信にワンコールも鳴らないうちに電話に出た。

『先生に聞いたら、他のクラスの奴も使うからガス台とかコンロは余ってないけど、フライパンなら沢山あるって』

「ほんとに？」

『ああ、でもガス台がないと……』

「私、今から家に行ってカセットコンロ取ってくる！　コンロって買うとなると結構高そうだし、その前に、この時間じゃお店もやってないだろうから」

『奈々、大丈夫か？　誰か手が空いてる奴探して一緒に行くとか、家が近い奴がいればそいつに頼んで借りてもいいし』

「大丈夫！　まだ早いから登校している生徒も少ないだろうし、探している間にも時間は過ぎちゃうから。それに毎日部活で鍛えてるし、修司は他の準備進めてて」

電話をしながら香乃の顔を見ると、香乃は笑顔で何度も頷いていた。

『分かった。なんかあったらすぐ電話しろよ！』

今日のためにクラスのみんなの役割を修司が先頭になって決めたんだ。飾りつけをする人、呼び込みする人、注文を取る人、それぞれちゃんと役割がある。機械を調達するのは私の仕事の一つだった。だから最後まできちんと責任を持ってやり遂げたい。

「香乃、私行ってくるね」

「待って、コンロ一台じゃ足りないでしょ？　今、家に電話してお母さんに用意してもらうから、うちのも使って」

「ありがとう、じゃー行ってくる！　私はもう大丈夫だから、気にしないでホットドッグの準備頑張ってね」

香乃が私を落ち着かせてくれたから、香乃のお陰だ。子供の頃からどちらかというと私が香乃を助けることの方が多かったけれど、でも本当はいざという時に頼りになるのは香乃の方だった。

登校してくる生徒たちの波に逆らいながら、駅に向かって走った。周りの景色なんか目に入らない、風を切りながらとにかく真っ直ぐ前だけを見て、地面を勢いよく蹴り、疾風のように走る。人を避けて走るのは得意だ。こんな時にバスケの経験が役に立つと思わなかったけれど。

はぁはぁと息を切らしながら駅に着き、改札を抜けて再びダッシュで階段を駆け上がった。額には汗が滲んでいて、冷房のきいた電車の中でも体中が熱を帯びたように熱い。電車に乗っている時間がもどかしくて、走った方が早いんじゃないかと勘違いしてしまうくらいだった。

駅を出てまた走り出し、家に着くと玄関のドアを勢いよく開けた。

「お母さん！　さっき電話したやつ！」

「はいはい、そこに置いといたわよ。あとさっきユリさんも持ってきてくれ……」

「ありがとう！　じゃー行ってくる！」

お母さんの話を最後まで聞かず、コンロが入れられている二つの袋を両手に持って急いで家を出た。

ユリさんというのは香乃のお母さんのことだ。全部終わったらちゃんとお礼を言わなきゃ。

再び走り出すけれど、二台のコンロは想像以上に私の腕に負担になった。

「なんでこんなに重いの!?」

でも走る足を止めるわけにはいかない。時間を確認する暇はないから分からないけれど、修司との電話を切ってから家に戻り、学校に着くまでの時間は多分、トータルで一時間半くらい。ギリギリだ。でも頑張れば二十分は縮められる。

きっと作り置きしたポップコーンを売ることになったとしても、みんなはなんにも言わないと思う。でも、それじゃ喫茶店方式にした意味がなくなる。あの日、みんなが驚くほど美味しいと感じたポップコーンの味を、他の生徒にも届けたい。

電車に乗り込んですぐ、修司にLINEを送る。

『今電車に乗った。大丈夫？』

『こっちは大丈夫だから、無理してダッシュとかするなよ』

電車を降り、改札を出ると、またすぐに走り始めた。周りの景色なんて一切目に入らない。汗を拭う暇なんてない、とにかく最後まで必死に走った。

学校が見えてきて、校庭にはもうすでに沢山のお店が開催の時間を今か今かと待っているようだった。急いで下駄箱に着くと、そこには修司とタクヤ君が立っていた。

「ご、ごめん。ハァハァ……遅くなって、私」

「謝るなよ、じゅうぶん間に合ってる。タクヤ、とりあえずこれ教室に持っていってくれるか？」

「了解！」

タクヤ君は私から袋を受けとって、そのまま教室に向かった。

呼吸がまだ上手く整わない。部活中でもこんなに息を切らしたことなんてないのに、今になって腕の痛みを感じてきた私はその場に崩れるようにして座った。

「奈々、大丈夫か？　ほら」

頭の上にフワッと柔らかい物が乗っかって、突然視界が遮られた。

腕を伸ばして頭に乗ったタオルを手に取る。

「本当に頑張ったな。えらいえらい」

そう言って修司は、私の頭を優しく撫でた。

ねぇ修司……このドキドキは、走ったあとの動悸《どうき》なんかじゃないよ。あなたの手が、あまりにも温かいから……。それに、頑張ったのはクラスのためにだけれど、修司のためでもあった。クラスをまとめてくれた修司が、大好きな人が、最高の笑顔で文化祭を終えられるように。

自分の顔を隠すように、タオルで滴り落ちる汗を拭った。

「立てるか？」

「平気。もう疲れも吹っ飛んだから」

修司が私の腕を掴み、そのまま力を込めて立たせてくれた。

「さすが未来のバスケ部エース。ここからが本番だから、頑張って美味《うま》いポップコーン作ろう」

「うん」

クラスに戻ると、最終的な飾りつけを終えた教室は、昨日よりももっとずっとカラフルに可愛く仕上がっていた。パステルカラーの風船をくっつけて作ったお花が壁のあちこちに飾られている。

「ヤバい。本当にポップでちょー可愛いんだけど」

「ポップコーンだけに？」

「もうそれはいいから」

　クスッと笑いながら修司の肩を叩くと、修司も嬉しそうに微笑んだ。


「いらっしゃいませ」

　ピンクのエプロンをかけた私が、席に座ったお客さんに注文を取りに行く。アユミがどうしてもこれがいいと言って決まったピンクのエプロン。最初は物凄く抵抗があったけれど、着てしまえば案外可愛いかもと思えてきた。

　教室の中は甘い香りやカレーのスパイシーな香り、ポンポンとポップコーンが弾《はじ》ける音やお客さんが楽しげに話す声に包まれている。修司は額に薄っすら汗を滲ませながら、機械の中に手を入れて百均で買った紙の容器にポップコーンをすくって入れていた。

　教室の中が明るく見えるのは、パステルカラーの可愛い飾りつけだけのせいじゃない。お客さんに渡すたびに「ありがとうございます」と言い、笑顔を絶やさない修司がそこにいるから。

「だいぶ落ち着いてきたから、交代しよ。奈々と修司も色々回ってきなよ」

十二時半を回った頃、教室に戻ってきたアユミがそう言ってエプロンを首からかけた。

「じゃー行ってこようかな。アユミなにがよかった?」

「三年生の女装メイド喫茶がマジヤバかったよ! あと二年のパンケーキ屋がかなり本格的だった」

女装メイド喫茶か、確かに面白そう。

「タクヤ、みんな、あと頼むな。なにかあったら電話して。奈々行こう」

振り返って、あたり前のように私の名前を呼んだ修司に、胸がときめく。ただ一緒にいられて話ができるだけで嬉しかったから、これまではそんな無謀なことは考えもしなかったけれど、今は修司の隣に並ぶことがとても自然で、本当の意味でここが私の居場所になればいいのにと……初めて、そう思った。

「うん、行こう」

「どこ行く?」

「私、最初に行きたいところがあるんだけど」

「いいよ、どこ?」

パンケーキもきっと凄く美味しいだろうし食べてみたい。でも、やっぱり私は……。

「一組の、ホットドッグ」

「そう言うと思った。よし、行こう」

　ホットドッグ店は校庭でやっているため、私達は靴に履き替えて校庭に出た。午前中よりは少なくなった気がするけれど、それでも人の数は多い。校庭にはステージも設置されていて、今はちょうど軽音部のライブが行われているのか、歌声や歓声が響いている。

「あった、あそこだ！」

　鳴り響く音楽に掻き消されないように、大きな声でそう言って指さした。遠くにホットドッグの文字が見えて、白いテントの中には頭に青いバンダナを巻いている香乃の姿があった。

　歩きながら、私は修司の顔を見た。

「あのね、修司」

「ん？」

「朝、修司から連絡があった時、私軽くてんぱっちゃってさ。でも……香乃が落ち着かせてくれたの」

　一人だったらきっと、私はただ泣いて謝ることしかできなかった。そして泣いたまま文化祭が始まって、納得のいかないまま終わって、それでもまだ、私は泣いていたと思う。

「香乃がね……。修司にフライパンとかコンロとかの確認しなって言ってくれたのは、香乃なの。だから香乃がいなかったら、私は……」

「お前らの関係ってほんといいよな。全然違う性格なのに、上手くバランスが取れてる」

「うん。そうだね……」

「二人には感謝しかないよ。俺、大丈夫だって言いながら、出来立てのポップコーンが出せないと思った時、少し残念だって思ったんだ。自分ではなにもできなかったのに、ほんと、二人のお陰だよ」

「ううん、私は別に」

「あんなに汗かいて、着いた途端に座り込むくらい必死に走ってくれたんだと思ったら、本当に嬉しかった。奈々、ありがとう」

修司の言葉に、私は俯いて何度も首を振った。文化祭の準備の時、修司は一番頑張っていた。部活もあるのに、間に合わないからと家でも飾りつけに使う色画用紙をハートや星の形に切り抜く作業を手伝ったり、なにより的確に指示を出してみんなを上手くまとめてくれた。

「香乃にもあとでお礼言っとくから」

「うん。私ももう一回香乃にお礼言う。ホットドッグ、楽しみだね。香乃のことだから、一生懸命作ってるだろうな。しかも絶対笑顔だと思うよ」

「そうだな。香乃のスマイルで五百円くらい取れそうだ」

「ほんとだね、私と違って香乃の笑顔は本当に可愛いからなー」

「なに言ってんだよ、奈々だっていい顔で笑うじゃん」

「修司……ありがとう」

私、修司の彼女になりたい……。仲のいいクラスメイト、部活仲間じゃなくて、修司の彼女として、隣にいたい。

勇気を出してもいいですか？

あなたは……笑ってくれますか？

でも……。


——さよなら、文化祭。

◇◇◇

商店街を引き返し学校に向かいながら、幸野君は私の話に一度も口を挟まず聞いていた。すっかり日は昇っているけれど、それでもまだ人の姿はまばらだ。それに、いつもより静かな気がする。

「で、結局文化祭は大成功？」

「二日目も凄く売れたし、用意していたポップコーンはほぼ完売だったよ」

中でもハチミツバター味が一番売れて、ハチミツが足りなくなって慌てて買いに行くくらいだった。

「ていうかさ、俺の話題出てたんだな」

「そうそう、話してたら思い出したの。修司が幸野君のことを話していたのを」

「なんだよそれ、忘れてたなんてひでーな。脇役どころか、それじゃ通行人A止まりだな」

「ごめんごめん」

ラッキーロードを通るだけで、文化祭の出来事が今でも鮮明に浮かび上がってくる。買い物して、笑い合って、思えばこの時が幸せのピークだったのかもしれない。

「これまでの話を客観的に考えるとさ、今のところ上手くいくイメージしか湧かないんだけど」

手を頭のうしろに組みながら、空を仰いで幸野君が言った。

「ここまではね……。楽しかったよ、ほんと」

「で？　幼馴染みには言ったのかよ」

そう、それがいけなかったんだ。

橋を渡って門の前に立つと、ガランとした校庭が目の前に広がっている。風が吹くと砂ぼこりが立って、人の姿は全く見当たらない。校舎にある時計は七時半を指していた。

「ていうかさ、よく考えたら……今日って日曜じゃね？」

「……あっ」

そうか、だから学校に人の気配がなくて、朝の街もいつもより静かだったんだ。

「なぁ、さっきから気になってたんだけど、それなに？」

幸野君が差した指の方向をたどると、私のブレザーのポケットから青色のなにかが見えていた。

「ああ、これはね……」

いつの間にこんなところに入っていたんだろう。

まぁそんなことはどうでもいい。私はポケットから見えている物をスッと取り出した。

「それって、手袋?」

「うん……一応手袋、かな」

第四章　クリスマスにさよなら。

文化祭も無事終わり学校はテストモードに入っているけれど、私にはその前に部活の新人戦が待っている。しかも試合形式の練習の時、レギュラーとして二年生のチームに加わる回数も増えてきたから、もしかしたら試合に出られるかもしれない。だから正直テストよりも部活のことで今は頭がいっぱいだ。

「練習どう?」

授業が終わって部活に向かう途中、体育館の手前で修司に声をかけられた。

「あ、ビックリした。修司か」

「奈々の実力ならスタメンで出られんじゃないのか?」

お互い紺《こん》のジャージ上下姿で、体育館の前に立ち止まる。こうして立っているだけでも、風を受けると首筋にスッと冷たい空気を感じる季節になってきた。

「分からないけど、でも試合には出たいから頑張るよ。そっちも頑張ってね」

「俺は全然だけど、一応俺なりにやってるかな」

そんなことない。練習中は誰よりも修司の声が一番大きく聞こえてくるし、練習後も時間ギリギリまで頑張っていることを、私は知っているから。

初心者だからこそ教えられたことは素直に吸収し、真剣にバスケと向き合っている修司ならこれからいくらでも上手くなれるし、入部した頃と比べたら、経験者の部員よりずっとずっと成長している。だから修司は、部員数の多い男バスの中にいたって、きっといつかチームの中心になれると私は信じている。

体育館に入りバッシュを履いてウォーミングアップを始めていると香乃が立っていた。それに気がついた私は、香乃に向かって手を挙げた。けれど香乃の視線は私ではなく、もっと奥に向いているようだった。香乃、どうしたんだろう。

しばらくしてようやく私に気づいた香乃が、体育館の隅を申し訳なさそうに歩きながら近づいてきた。

「こんなところでなにしてるの？」

「あのね奈々、ずっと言おうと思ってたんだけどなかなか言えなくて、私ね……」

何故だか心臓がドキドキして、言いようのない不安が突然広がり胸が締めつけられる。

「私、男バスのマネージャーになろうと思って……」

部活が終わって家に帰り、食事とお風呂を済ませたあと部屋に戻った。片づけるのが面倒だからとあまり物を置いていない部屋は、まるで男子の部屋かと思うほどシンプルで、可愛い小物といえば、一昨年に香乃から誕生日プレゼントにもらったピンクの丸い置時計くらいなものだ。

ベッドに寝転び、特になにを見るというわけではないけれど、ボーっとしながらスマホを眺める。

香乃からマネージャーになろうと思う、という言葉を聞いた時は、『いいじゃん、じゃあ帰りは一緒に帰れるかもね』と言って男バスの二年のマネージャーの元へ行く香乃を見送ったけれど。でもどうしてなのか、今になって心の中がモヤモヤし始めて、漠然とした不安が募る。

ギシっという音を立てて勢いよく起き上がった私は、香乃に電話をしようとスマホを操作していると、逆に香乃から電話がかかってきた。

「香乃？」

『まだ起きてるよね？』

「うん、明日休みだし、部活もないから」

『じゃあさ、今から行っていい？』

「今から？　うん、いいけど」

断る理由もないし、私もなんとなく香乃に電話をしようと思っていたからちょうどいい。

電話を切ってから道を挟んで向こうの家に住む香乃がやってきたのは、僅か五分後。

「お邪魔しまーす」

「どうぞー。鍵締めてね」

「はーい」

相手が香乃だからか、お母さんの対応もいい意味で軽い。

階段を上がる足音が聞こえてきて、その後すぐに香乃が部屋に入ってきた。私はベッドに寝転びながら手を振る。

「……っていうか、それなに？」

香乃は小さめの旅行バッグを持っていて、部屋に入るなりそれをベッドの前に置いて中身を取り出した。

「明日部活ないし、最近ご無沙汰だなーと思って」

「ご無沙汰って？」

「お泊まりに決まってるでしょ？」

家が近すぎていつでも行けるという感覚がそうさせるのか、いつからか、確かにお互いの家に泊まるということはあまりなくなっていた。最後に二人でパジャマパーティーをしたのは、多分小学校の卒業式の日だ。

鞄の中からパジャマを取り出し、無言で着替え始めた香乃。私にとっては香乃の着替えなんて見慣れたものだ。あたり前だけれど、なんの恥ずかしさも感じない。香乃もいちいち着替えていい？　とも聞かないし、脱いだコートは勝手にハンガーにかけている。その辺が姉妹のような感覚なのかもしれない。正直そういうところが凄く楽だし、多分普通の友達ではこうはいかないと思うから。

「それ新しいの？」

「うん、これから寒くなるから新しいの買ってもらったんだ」

薄いグリーンと白のチェック柄のパジャマは、裏地が起毛になっていてとても温かいらしい。

「香乃っぽいね、可愛いよ」

「奈々もさ、いつまでもジャージにトレーナーじゃなくて、寝る時くらいパジャマ着たらいいのに」

そう言って香乃は脱いだ服をしまった鞄を隅に置き、嬉しそうに跳ねるようにして勢いよくベッドに座った。

「なんで？　いいよ別に。誰に見られるわけでもないのに」

「分かんないじゃん」

「は？」

私は寝転がっていた体を起こして、ベッドの上で香乃と向かい合う。

「奈々はさ……好きな人とか、いないの？」

こんな質問、昔からよくされてきた。いない時はいないって言うし、いる時は大抵自分から香乃に話していた。でも今は、どうしてなのか口が上手く動かない。それに、香乃から目を逸らしてしまう自分がいた。

「なに急に、変なの」

「別に変じゃないよ。だって私達、女子高生だよ？　恋愛したいし、彼氏もほしいって思わない？」

すぐに答えることができなかった。誤魔化すようにベッド脇にある本棚に手を伸ばし、漫画をパラパラと捲《めく》り始める。

「まぁね、こんな胸キュン溺愛《できあい》漫画みたいな経験できるならいいけど」

「じゃー奈々は好きな人いないってこと？」

いるよ……。部活ばっかりやってるように見えるだろうけれど、私だって普通の高校生なんだ。恋愛だってしたいし、彼氏もほしい。相手はこの少女漫画に出てくるイケメン王子なんかじゃなくて……。修司が……。でも……。

「……いないよ。いたら香乃に言うし」

香乃に言わなきゃってずっと思っていたのに、聞かれたんだから素直に答えればいいのに、自分でもどうして嘘をついてしまったのか分からないけれど、口が勝手にそう動いてしまった。

「ほんとに？」

「うん」

「そっか……いないんだね」

そう言って香乃は、私の好きな少女漫画の最新刊を手に取った。

二人の間に沈黙が訪れるけれど、こんなのはいつものことで、同じ空間にいてお互い好きなことをしていても、気まずいと感じることも気を遣うこともないから、だから香乃と一緒にいるのが楽なんだ。

それなのに……今、凄く息苦しい。漫画の内容なんて全然頭に入ってこないし、今香乃がなにを思っているんだろうとか、そんなことばかり考えてしまう。ちゃんと香乃に修司のことを話して、沢山話を聞いてもらいたい。香乃なら応援してくれるはずだから、きっと全力で……。

「あのさ、香乃……」

「ねぇ、奈々……」

ほぼ同時に私達は言葉を発した。いつもならお笑い芸人のギャグを真似て「双子かよ」とか言って盛り上がっただろうに、今日はお互い譲り合ってしまう。

「なに?」

「奈々からどうぞ」

「いいよ、香乃から言って」

二人の間でこんなに気を遣ったやりとりは初めてだ。まるで知り合ったばかりみたいにぎこちない。

「そう？　じゃあ私から言うね」

香乃は漫画を閉じ、正座をして私の方を向いた。場所はベッドの上だけれど。

「あのね、あの……奈々には言わなきゃって思ってて今まで言えなかったんだけどさ」

「うん、なに？」

「私……好きな人がいるんだよね」

「えっ……好き、って、香乃に？」

「うん」

香乃の色白の顔がみるみるうちに赤く染まっていくような気がした。

「ほ、ほんとに？」

「うん」

香乃にも、好きな人がいたんだ……。

「で、誰？」

心が揺れて、なんとなく落ち着かなくて、伸ばした足をモゾモゾと動かしながら聞いた。

「う～ん、内緒」

「なんで？　そこまで言ったら教えてよ」

だけど香乃は、クッションに顔を埋《うず》めたままピクリとも動かない。

「どうした？」

香乃の肩に手を置いた瞬間、バッと顔を上げて大きな目を私に向けた。

「私ね、手袋を編もうと思って」

「てっ、手袋？」

「うん。もうすぐクリスマスでしょ？　今年のイブは日曜日だし、だから……」

クリスマスイブ……手袋を編んで、香乃は好きな人にあげるってこと？

「だからさ、手袋をちゃんと編めたら、そしたら誰だか奈々に言うから」

「分かった。気になるけど、そういうことなら楽しみにしてるよ」

「で、奈々の話は？」

「あぁ……私も、私もその時に話す」

きっと言える。香乃の好きな人を聞いたあと、今日言えなかった私の気持ちを、ちゃんと香乃に話そう。今度こそ……。

「そっか、分かった。今度買い物付き合ってくれる？　毛糸とか買いに行きたいし」

「もちろんいいよ、いつにする？　失敗したら困るし、早く買いに行った方がいいでしょ」

「失敗すること前提なの？　ひどーい」

あの不自然な空気が嘘みたいに、私達はいつも通り大声で笑い合った。

翌日が休みなのをいいことに夜中まで話をしたり、漫画を読んだり、久しぶりのお泊まりは本当に楽しくて、お母さんに早く寝なさいと注意されなければ、きっと朝まで話していたかもしれない。そのくらい楽しかった。

だから、忘れようと思った。香乃が家に来る前まで、頭の中でくすぶっていた思いを……。

*

次の日、私達は早速毛糸を買うために出かけることにした。

駅前の大通り沿いにある手芸店には様々な色の毛糸が並んでいて、しかも糸の種類も豊富だ。ずらりと並べられている毛糸を見て回るけれど、編み物なんかしたことのない私にはどれを使ったらいいのかサッパリ分からない。

「ていうかさ、香乃は編み物できるの？」

「やったことないよ。でも手袋を編みたいなって思ってから、本買ったりネット見たりして勉強したから」

「へぇ～、凄い熱意だね」

きっとよっぽどその人のことが好きなんだろう。好きな人のためになにかをするというのは凄く楽しいし、そういう気持ちなら私にも分かる。

「私も、やってみようかな……」

青い毛糸を持ったまま呟いた私の独り言に、香乃は気づいていない。真剣な表情であれでもないこれでもないと毛糸を手に取って見ている香乃。

「よし、これに決めた」

香乃の両手には、黒と青の毛糸が乗せられていた。私は咄嗟に自分が持っていた毛糸を棚に戻す。

「これ、どうかな？　派手じゃなくて男の子っぽい色がいいかな？　って思ったんだけど」

「うん、いいと思うよ」

「じゃー買ってくるね」

香乃は嬉しそうに毛糸を持って、軽い足取りでレジへ向かった。

私はもう一度、さっき手に取った毛糸を見つめる。修司にあげるなら、絶対青の毛糸だな。修司のバッシュが、青色だから。それに、あのリストバンドも。

だけど私に編み物なんかできるんだろうか。正直自信はないけれど、香乃だって器用とはいえ編み物の経験があるわけではないから、頑張れば私にもできるはず。私も手袋を編んで「好きな人にあげたくて編んだんだ」と言って香乃に見せたら、きっと声が出ないほど驚くはずだ。

私は青と水色の毛糸を持ち、香乃が会計をしているレジの二つ横にあるレジで会計をした。香乃は背中を向けていて気づいていない。私が編み物なんて、驚いて目をまん丸くしてる香乃の顔が浮かんで、なんだか笑えてきた。

香乃と別れて家に帰った私は、早速ネットで手袋の編み方を検索した。

「ん～、やっぱり分かりにくいな。香乃は本も買ったって言ってたっけ」

スマホの小さい画面で確認しながら編み物をするというのは、ちょっと無理があるかもしれない。私も本がないと難しいな。そう思った私は、家に帰ってきたばかりだというのに、またコートを羽織って外に出た。駅前の本屋なら大きいし、編み物の本も売っているだろう。

自転車にまたがって本屋に向かい、趣味のコーナーにある沢山の編み物の本の中からなるべく手袋の編み方が分かりやすく書かれている本を探す。いくら毛糸と編み棒があっても、説明を理解できなかったら編めないけれど、毛糸と同様に本も種類が多すぎてどれがいいのか分からない。

――ピコン。

『あそこのグラウンドさ、今日はイベントかなんかで貸し切りだったぞー。だから俺、今からちょっと土手走ってくる。今日部活なかったから体動かしたいし。奈々はちゃんと勉強しろよー』

修司からのLINEだった。

「いやいや、修司も勉強しなさいよ」

独り言のように画面に向かって突っ込んだ私は、緩んでしまう頬を抑えながら返信し、ようやく決めた一冊を購入した。

『修司も勉強しなよ！　って言っても走りに行くんだろうけどね』

私も一緒に、走りたいな。この時季は夜になると急に冷え込んでくるけれど、修司の隣で土手を走れたら、きっと体だけじゃなくて心もポカポカに温まるはずだ。実際に走ったことがなくても、想像しただけで分かってしまう。

いつものように平然を装っていても、内心はドキドキしながら修司の隣を走っている私は、ペースが上がる修司に遅れないようにと必死についていく。汗がどれだけ流れても、息が切れたって、あなたの隣にいられることがとても幸せだと感じてしまうから。

家に戻った私は、再び毛糸を手に持った。青と水色の手袋。修司はどんな顔をするのだろうか。きっと驚くはずだ。もしも困ったような顔をしたなら、毛糸が余ったからだと嘘をつこう。もしも嬉しそうにいつもの笑顔を見せてくれたなら……好きだと伝えよう。

＊

手袋を編むと決めてから一ヶ月以上が経過した。試行錯誤して、何度も失敗してやり直して、それでもなんとか形になった……と思う。手袋を目の前にかざしてみると少し不格好だし、ところどころ毛糸が飛び出してほつれているけれど、不器用な私がよくここまでやれたと自分を褒めてやりたくなった。

ちょうどその日、香乃からＬＩＮＥで、今夜家に来ると連絡がきた。つまりきっと、香乃も編み終わったということなんだ。それは、香乃が私に好きな人を打ち明けるということ。そして、私も香乃に修司への気持ちを伝える日。

今まで香乃になにかを話す時、こんなに緊張したことはなかった。中学までは隠しごとなんてできなくて、早く言いたくて仕方がないという気持ちしかなかったのに。

視線の先には、ベッドの横の壁に飾ってある写真。その全てに、香乃が写っている。なにか楽しいことがあったり特別なことがあった時も、小六の時にクラスの足の速い男の子を好きになった時も、中二の時に先輩がかっこいいと思った時も、私はそう思った瞬間すぐに香乃に話していた。聞いてほしくて。

だけど高校生になって修司を好きになった私は、どうしても香乃に言えなくて、今までずっと、あくまでも仲のいい友達だというふりをしていた。もしかしたらそれは、恋愛に対する憧れの好きではなくて、初めて心から本気で人を好きになったからなのかもしれない。私の行動や発言の一つ一つがこの恋愛の行方を左右するんじゃないか、そう考えてしまい、今まで簡単にできていたこともできないでいた。

でも、今日こそは言おう。私にとって香乃は大切な存在。誰にも代えられない大切な幼馴染み。隠す必要なんてないのだから。

香乃に向かって修司を好きだと言っている自分を想像するだけで、なんだか落ち着かなくて緊張で胸が締めつけられる。でもきっと大丈夫。きっと、笑ってくれる。いつものように、優しさを含む柔らかな笑顔を、私に向けてくれる。

香乃に言うだけでもこんなに緊張しているのに、修司に告白なんて、はたして本当にできるんだろうか。修司と向かい合って好きだと言おうとしている自分を想像しただけで、心臓が破裂しそうなくらいドキドキするけれど、それはまだ先なのだから今は考えないようにしよう。

ご飯を済ませて香乃がやってくるのは、多分二十時頃だろう。それまでに気持ちの整理をしておかなきゃ。

私の予想は当たり、それから香乃がやってきたのは、二十時五分過ぎだった。

「今日凄く寒いよ。雪降るんじゃない？　ってくらい。やだなー、寒いの」

「これからもっともっと寒くなるんだから、今そんなこと言ってたらもたないよ」

香乃はいつものようにベッドに腰かけ、手に持っている小さな茶色の紙袋を自分の横に置いた。勉強机とベッドだけで他にスペースのない狭い部屋では、座れるところはベッドしかない。

建て直した香乃の家の部屋は驚くほど広かったな。出窓には可愛い植木鉢の観葉植物が飾ってあって、白い勉強机の横にある大きな本棚には沢山の本が綺麗に並べてあった。

「でさ、最初に奈々に見てほしくて」

そう言って香乃はガサゴソと袋の中に手を入れた。私が編んだ手袋は、枕の下に隠してある。香乃は私が編んでいたことを知らないから、香乃の話を聞いたあとに枕の下から取り出して香乃に見せ、驚かせるという作戦だ。

「これなんだけど……」

そっと取り出した手袋は、黒をベースにしてあって、手首のところに青のラインが入っている。まるで買ってきた物かと勘違いしてしまうくらい完璧で、とても上手だった。

「凄い……凄いよ香乃！」

「ほんと？　網目が綺麗に揃わなくて、実は何度もやり直したんだ」

「手作りだとは思えない！　マジでこのまま売れるくらい上手だよ」

香乃は照れたようにはにかみながら、嬉しそうに微笑んだ。

「奈々に褒められると嬉しい。でも売らないよ。だってこれは……」

分かってるよ。それは香乃の好きな人にあげる、大切な物なんだもんね。

恥ずかしそうに頬を染めて俯く香乃はとても可愛くて、でも中学の時に先輩を好きだと言って無邪気に笑っていた時の表情とは全然違う。可愛いけれど、なんだか少し大人っぽくて、大切そうに両手で手袋を包み込んでいる香乃を見ているだけで、本気でその人のことが好きなんだという気持ちが伝わってきた。

「私ね……」

「うん」

——修司のことが……好きなの……。

◇◇◇

今までなにも言わずに聞いていたのに、初めて幸野君が話の途中で口を挟んだ。

誰もいない校舎に入った私達は、一階の廊下を真っ直ぐ歩き、保健室の前で足を止めた。

「は？　なんでだよ！」

「なんでって、私に言われても……」

「違う、そうじゃなくて！　だって結局、樋口は言わなかったんだろ？」

「言えるわけないよ……」

言えない。香乃の好きな人が修司だと分かった瞬間、私は枕を強く押しつけて、その下に隠してある物が今すぐ消えてほしいと本気で願ったんだ。

「だって、仲いいんだろ？　幼馴染みなんだろ？」

「多分きっと、香乃だから言えなかったんだと思う」

香乃の想いを知ってしまったら、もう自分の気持ちを言うなんてできない。ただ『そうなんだ』って、冷静に答えることしかできなかった。『驚かないの？』と香乃に聞かれた時も、『別に』となんでもないふりをして。『私の話はたいしたことじゃなかったから忘れちゃった』、そう言って誤魔化した。

そのあと香乃となにを話したのかはほとんど覚えていない。ただ、香乃が帰ったあとの気持ちと胸の痛みなら、今も覚えている。どうして、なんで修司なのって。

私が先に仲よくなって、私が先に好きになったのに。通学電車の中で、香乃に修司を紹介したのも私。なかなか話さない香乃に代わって、人見知りだけれど、仲よくなればよく喋るし面白い子だからと、修司に香乃のことを紹介したのも私なのに。

「嫌な女だなって、自分でもそう思った。だけど思い返してみたら、香乃が修司を好きになったっておかしいことはなにもないんだよね」

だって、毎朝修司と一緒だった通学電車には、香乃もいた。私が修司に会うのが楽しみだったように、香乃もそうだったのかもしれない。私がLINEでやりとりをしていたように、香乃だって修司とLINEをしていたのかもしれない。香乃が突然男バスのマネージャーになったのは、きっと修司と一緒にいたかったからなんだ。

「あの手袋。香乃が編んだ手袋、黒と青はさ……修司のバッシュの色、そのまんまなんだ。すぐに気づかなかったなんて、私も鈍感だわ」

笑って話しているつもりなのに、幸野君は神妙な面持ちで私を見つめている。

そんな風に見ないでほしい。哀れむような目で見られたら、心の奥にある黒い塊がズキズキと痛んで、泣きたくなってしまうから。

幸野君の視線から逃れるように、私はたまらず俯いた。

「本当は、どっかで気づいてたんじゃないの？」

「……え？」

予想外の言葉に、心の内側にドクンと小さな波が立った。

「樋口はさ、大切な幼馴染みの気持ちに気づかないほど鈍感なの？　違うよね？　本当は少しずつ気づいてて、でも気づかないようにしてたんじゃない？」

なんで……どうして幸野君がそんなこと言うの？　まともに喋ったのは今日が初めてなのに、私のことなんてなにも知らないのに、どうして……。

揺れることなく私へと真っ直ぐ向けられている幸野君の視線に鼓動が速まり、なにも考えないようにと蓋《ふた》をしていたはずの思いが、少しずつ崩れていくのを感じた。

「浅木の気持ちに気づいて、それが心のどこかにずっとあったから、だから樋口は浅木に自分の気持ちをずっと言えなかったんじゃないのか？」

「私……」

なにも知らない。なにも気づいてない。そうやってずっと誤魔化していた。香乃に修司のことが好きだと言えなかったのは、自分が本気で恋をしたのは初めてで、だから戸惑っているだけなんだと、必死にそう思い込むようにしてた。

「俺にまで誤魔化す必要ないよ。本音を言っていいんだ。だって、全部吐き出すんだろ？」

あの頃感じていた気持ちがまた甦《よみがえ》ってきて、いつの間にか涙がぽろぽろと零れてきた。

ずっとずっと、押し殺してきたんだ。本当は誰よりも先に言いたかった。初めて本気の恋を知った私の気持ちを、香乃にだけは。けれど、大好きな香乃の気持ちに気づかないはずない。だって、私と香乃は……。

「わ……私、気づいちゃったから……」

込み上げてくる涙が邪魔をして言葉に詰まると、幸野君がそんな私の肩に優しくそっと手を置いた。

「もしかしたら香乃は修司を好きなんじゃないかって、気づいちゃったの。……だから……だからずっと言えなかったんだ。私が修司を好きだって言ったら、香乃は困るんじゃないか、悩むんじゃないか、苦しめるんじゃないかって……そう、思ったから」

だから私は……嘘をついた。

止められない涙が頬を伝い続ける。今さらどうにもならない、今の私の心のように冷たくて虚《むな》しい涙。香乃を苦しめたくなかったし、自分も苦しみたくなかった。だから祈った。あの日、香乃が教えてくれる名前が……どうか、修司ではありませんようにと。必死に願ったんだ……。

幸野君が差し出してくれたハンカチを受け取り、静かに涙を拭う。

香乃は修司が好きなわけじゃない。香乃も私になにも言ってこなかったのだから、絶対にそれはない。自分の想いが募れば募るほど、ずっとそうやって自分に言い聞かせてた。

「どうしてなんだろう……昔は素直になんでも言えたのに。今はさ、これを言ったら傷つけるかもしれないとか、私達の仲が気まずくなるかもしれないとか、そんなことばかり考えるようになっちゃったんだ……」

「だって、浅木のこと好きなんだろ？　大切なんだろ？　だったらさ」

「もうきっと、子供の頃とは違うんだよ。なにも考えずに本音をぶつけられるほど、私達は幼くない。それに今さらなにを思ったって遅いの。だから私は、さよならをするって決めたんだ」

何度も考えた。もしもすぐに香乃に話していたら、香乃より先に修司のことを伝えていたら、と。

でも……違うんだ。私の恋の行く末は、そういうこととは関係なかった。

「人を好きになるって、こんなにつらいんだね……」

「樋口……」

外はもう少しずつ暖かくなってきているのに、誰もいない廊下はとても冷たく感じた。再び歩き出した私は、すぐ側にあった一年生の教室のゴミ箱に、渡すことのできなかった……行き場をなくした手袋を、そっと入れた。ほんと、不格好で下手くそな手袋だったな。

「待てよ、樋口」

スタスタと歩き出した私のうしろから、幸野君の声が静かな廊下に響き渡る。

私はくるっと振り返り、ぎこちない笑みを浮かべ、口を開いた。

「あのね、幸野君。この話にはまだ続きがあるの」

そう、これで終わりなんかじゃない……。

◇　◇　◇

香乃は修司を好きになってから、修司と仲のいい私になかなか打ち明けることができなかったと言った。それに、修司と仲よくなるには私に打ち明けて間に入ってもらうのが一番の近道だけれど、そうではなくて自分で頑張りたかったと。自分で携帯の番号を聞いて、自分から話しかけて、そうやって徐々に距離を縮めていった。自分の気持ちに気づいてもらうため、香乃なりに努力をしたらしい。

そんなことをしていただなんて、ちっとも知らなかった。私も言わなかったのだから、お互い様だけれど。

昔は好きな人ができても喋りかけることさえできずに、私が間に入ってあげるのがあたり前だった。なかなか本来の自分を出せず、慣れるまでいつも時間がかかっていた香乃が、入学して半年も経たないうちに好きな人と自然に話せるようになり、手袋まで編んでしまう。告白する勇気はないから、プレゼントを渡すだけだと言っていたけれど、それでもじゅうぶん今までの香乃からは想像もつかないことだった。いつの間にか、私の力がなくても自分だけの力で頑張るようになっていたんだ。

私は……。香乃が頑張っている間、クラスメイトで部活も一緒だということに安心して、なにもしてこなかった。ただ側にいることが楽しくて、幸せで、自分は他の女子の誰よりも修司に近い存在なんだと思い込んでいた。修司のためにと動いた文化祭、それも今思えばただの自己満足だったのかもしれない。

一学期の終わり頃からなんとなく香乃の気持ちに気づいていたのに、私は現実から目を逸らし続けていた。「香乃の好きな人が、どうか修司ではありませんように」と、ただ神頼みをするだけ。もっと早く香乃に打ち明けていたのなら、なにか変わっていたんだろうか。

ベッドに寝転び、下手くそな手編みの手袋を眺めた。

渡さなくて……渡せなくてよかった。こんなのあげたって、修司を困らせるだけだったし。これでよかったんだ。私が香乃に話していたら、香乃はきっと自分の気持ちを隠してしまっていた。

私達がお互いを大切に思う気持ちは同じだから。逆の立場だったらきっと、香乃も今の私と同じ気持ちになっていたはずだから。香乃が泣くくらいなら、私が泣いた方がマシだ。香乃の苦しむ顔なんて見たくない。笑っていてほしい。

私は強いから、香乃よりずっと強い。大丈夫、きっと時間が解決してくれる……。

手袋を無造作に放り投げ、目を瞑って両腕で顔を覆っていると、下からお母さんの声が聞こえてきた。

「奈々〜、下りておいで」

リビングに行くと、珍しく早く帰ってきたお父さんが既に食卓に座っていた。

両親は誕生日や記念日などを大切にするタイプで、お父さんは特別な日には必ず仕事を早く終わらせて帰ってくる。子供の頃はそれが嬉しかったけれど、今は少しだけうざったいと感じてしまう。もう子供じゃないのに、サンタさんがプレゼントをくれるとウキウキしていたあの頃の気持ちは、もうない。

今日はクリスマスイブ。この時期にだけ使われる赤と緑のテーブルクロス、その上にはマカロニとコーンがたっぷり入ったグラタンと、星形に型どったニンジンが乗せられているサラダ。そしてクリスマスには定番のチキンが並べられている。お父さんとお母さんの座る場所にはいつもは使わない細長いグラス。家ではあまりお酒を飲まないお母さんも、毎年この日はシャンパンを飲むからだ。

テレビの横には飾りつけを手伝った覚えのないクリスマスツリーが置かれていて、棚の上には真っ赤なポインセチア。さすがに天井からメリークリスマスという文字は吊るされていないけれど、クリスマス感は伝わってくる。

「奈々も座って、食べましょう」

お母さんは楽しそうに鼻歌を歌いながら、冷蔵庫から取り出したケーキを食卓の真ん中に置いた。今年はブッシュドノエルか。Ｍｅｒｒｙ Ｘｍａｓと書かれたホワイトチョコプレートに、切り株の上にちょこんと乗っているサンタクロース。それを見た私は、小さくため息をついた。ケーキなんか、いらないのに……。

「さぁ、食べましょう。ケーキは食後だからね」

そんなのは分かっている。別に今すぐ食べたいなどと言って浮かれる年齢じゃないのだから。

グラタンは好きだけれど、熱過ぎてフォークが進まない。サラダのニンジンだって、星形だというだけで昔は何故か食べられていたけれど、形は違ってもやっぱりニンジンはニンジンだ。あまり好きじゃない。チキンは、どう考えても食べにくい。アルミホイルが巻かれた部分を持って口に運ぶけれど、食べるたびに唇の端にタレがつく。このチキンは、完全に見た目重視で作られている。

毎年食べているクリスマス定番のメニュー、それなのに……味も自分の気持ちも、これまでとは全然違うように感じられた。

お父さんは美味しそうに大口を開けて料理を食べていて、お母さんはそんなお父さんを見てニコニコしながら満足そうにシャンパンを飲んでいる。

「でも寂しいわね、やっぱり香乃ちゃんがいないと」

突然発したお母さんの言葉にピクッと体が反応し、サラダを取ろうとしていた手を引っ込めた。

「毎年イブは一緒だったのにな」

お父さんまでそう言い、両親が勝手に話を進める。

「今年は無理なんだから仕方ないじゃん」

クリスマスイブには香乃が必ず家に来て、一緒にパーティーをしていた。子供の頃からずっと、お母さんの美味しい手料理を食べて、満腹なはずなのにケーキはいくらでも食べられて。食事が終わったら二人でプレゼント交換をする……。

そして翌日のクリスマスには、今度は香乃の家に行って、香乃の両親と一緒に二回目のクリスマスパーティーをする。毎年二回、私達は二人だから、楽しいこともいつも二倍なんだ。それに、悲しいことがあった時も同じ。二人で泣いて、二人で慰め合って。そうして私達は、同じ感情を分かち合ってきた。今までは……。

涙が出そうになり、一気にサラダを口に入れた。

「もしかして、彼氏でもできたのかしら？」

――バンッ!!

私は勢いよくテーブルに手を乗せ、立ち上がった。

「奈々？」

「そういうんじゃないから……。ごちそう様」

部屋に戻ると、ベッドの下に転がっている手袋が目に入ってきた。それを見ないようにして、ベッドにうつ伏せになる。今日はクリスマスイブ。日曜日で学校に行かなくてもいいということだけが、唯一の救いだった。

今頃香乃は、手袋を渡しているんだろうか……。修司は、どんな顔でそれを受けとっているんだろう。笑顔の似合う二人だから、お互い照れながら笑い合っているのかもしれない。

もしも今、修司の隣にいるのが香乃じゃなくて、私だったなら……。

明日は終業式。早く冬休みになってほしい。修司に会いたくない。香乃にも会いたくない。

今の私の心は、このほつれた手袋そのものだ。

*

翌朝、寝坊したから先に行くようにと香乃にＬＩＮＥを送った。こんな状況で、三人一緒に楽しく電車に乗っている姿なんて想像できない。上手く笑える自信だってない。

一人で家を出て駅に向かう。うしろを気にせず歩くのは楽なはずなのに、少し寂しい。駅に着き、いつもより一本遅い電車に乗り込んだ。二人は当然乗っていなくて、いつも見る顔ぶれも違っている。ただ黙って一人窓の外を見つめている時間は、思った以上に長く感じられた。

あそこに教会なんてあったんだ。視線の先には、三角屋根の上にある十字架。凄く遠いけれど、スカイツリーもチラッと見える。知らなかった景色、見ていなかった空。私の視線はいつも、彼にしか向けられていなかったから。

ボーっとしていると、紺色のブレザーのポケットに入れているスマホが一瞬震えた気がして見てみると、修司からのＬＩＮＥが入っていた。

『終業式に遅刻すんなよー』

遅刻なんかしない。一本遅らせたってじゅうぶん間に合うことは分かっている。それに、一人なら早く歩ける。誰かにペースを合わせることも、前を行く修司の背中を眺めることもないのだから。

そんなことよりも、修司は昨日香乃から手袋を受け取ったの？　どう思った？　嬉しかった？

ただの気の合う仲のいい友達だったなら、そんな風に簡単に聞けるのに。私が修司を好きになってしまったから……。

時間を戻すことができるのなら、私はきっと三両目には乗らない。毎朝同じ車両に乗る前に、戻れたら……。そんな不可能なことまで考えてしまう。学校では、いつも通りに振る舞おう。心を空っぽにして、明るく、普通に。

学校に着くと、勝手に心臓がドクンドクンと警報を鳴らし始めた。普通にしたいのに、その音は教室に近づくにつれて大きくなっていく。

終業式なんか、校長先生の長い話を聞き流していればすぐに終わる。そしたら明日から冬休み。部活はあるけれど、バスケをしている時だけは周りを見ずに集中できる。

ドアの前で一度深呼吸をして教室の中に入ると、すぐに修司の席がある。廊下側から二列目の、うしろから二番目。私の席は、その列の一番前だ。席替えをしても尚、修司のうしろにいけなかったことに落ち込んだけれど、今はホッとしている。

「奈々、おはよ〜」

私を呼ぶアユミの声に気づき、修司が振り返った。いつもと同じ修司の顔なのに、心臓の警報は激しさを増す。何故か声が出なくて、アユミに軽く手を振ってからドキドキと痛む胸に手を置き、自分の席に向かった。

「おはよ、奈々。間に合ったな」

「うん、おはよう」

声を絞り出し、目は見られなかったけれど、精一杯笑ったつもりだ。だけど俯いていた私の視線の先に、ある物が映った瞬間……槍《やり》で刺されたような、さっきよりもずっと激しい痛みが私の心を襲う。それでも私は懸命に笑顔を装って、自分の席に着いた。

机の上で握りしめている両手が震えて、胸の痛みがじわじわと全身に広がっていき、鼻の奥がツーンと痛む。修司の机の横にかけられている鞄からは……、黒い手袋がはみ出していた。あれは、香乃が昨日あげた手袋に間違いない。

昨日の今日で、すぐに使ったんだ。香乃が一生懸命編んだ手袋なのだから、使ってもらえたら嬉しいに決まっている。香乃が笑っていたら、私も嬉しいはずなのに。それなのに……。どうして苦しいの？　どうして、涙が出るんだよ……。

終業式の間、唇を強く噛《か》みしめ、顔を上げて天井をジッと見つめ、必死に気持ちを落ち着かせた。俯いたり周りを見てしまったら、泣いてしまう。泣いたりして、クラスの誰かに気づかれて「どうしたの？」などと声をかけられたら、香乃や修司が気づいてしまうかもしれないから。

二学期最後のホームルームを終えロッカーの整理をしていると、教室を出た修司が下駄箱とは反対方向に歩いていった。体育館の方……？　今日は部活もないはずなのに、どうしてだろう。

修司のことが気になりながらも荷物を持ち、帰っていくクラスメイトに手を振りながら香乃のクラスに着くと、そこに香乃の姿はなかった。何度見渡してみても、教室にも廊下にも香乃はいない。一緒に帰るのがあたり前だったから、今日もそうなんだろうと思っていたけれど、香乃からはなにも言われていない。

本当はまだ香乃の前で普通に振る舞える自信はなかったけれど、朝一緒に登校できなくて、特に断る理由もないのに帰りまで一緒に帰れないと言ったら、香乃が不思議に思うかもしれない。そう思ったから探しているのだけれど。香乃が私になにも言わずに帰るなんてことはありえない。

修司は体育館の方向に向かったし、香乃までどこかに行って……。もしかしたら……。

突然襲ってきた不安が、雨雲のように一気に広がっていく。

震える足を引きずるようにして、体育館へ向かった。つらい想像ばかりしてしまうなら、行かなければいい。行って、もしそれが現実になってしまったら。そう考えているはずなのに、私の足は勝手に二人の姿を探してしまう。

こんな時でも私は、神頼みしかできない。どうか、このままこの恋が終わりを告げられることのないよう、どうか、二人が一緒にいませんように……。

体育館に近づくにつれて、それまで焦っていた気持ちに急にストップがかかり、重くなる足取り。ゆっくりと足を進め体育館の入口まで来たけれど、中を覗くことができない。静かだから、やっぱり誰もいないのかもしれない。ただの思い込みだ。

そう思った瞬間、キュッという靴が床に擦《こす》れる音が聞こえてきた。脈が速くなり、嫌な予感がさざ波のように押し寄せてくる。入口に立っている私は、そっと中を覗き込んだ。そこにいたのは……大好きな人と、大好きな幼馴染みだった。

私は咄嗟に顔を引っ込めた。ドクンドクンと、やむことのない心臓の音。ギュッと目を瞑り拳を握りしめ、もう一度中を覗く。

「あのさ、俺……」

お願い、言わないで……。

お願い修司、私……私、修司のことが……。

「香乃が、好きなんだ」

再びドアに隠れた私は、そのまま寄りかかるようにしてズルズルとしゃがみ込んだ。

続く香乃の声が、傷ついた私の心をかすめる。

『私も……』

止めどなく溢れてくる涙が、拭っても拭っても頬を伝う。自分の足ではないかのように、もつれ絡まり、上手く走れない。それでも走った。激しい動悸に襲われながらも、駅に向かう生徒に気づかれないよう一心に足を動かす。

時々人にぶつかってはふらふらと倒れそうになるのを必死にこらえながら、ようやく駅に着くと、ホームに止まっている電車に駆け込んだ。電車に乗ってからは、空いている席に座りずっと俯いていた。伸びっぱなしの髪の毛でなんとか顔を隠しながら、早く着けとただひたすら祈り続ける。

家に帰った私は、なにも言わずに階段を駆け上がり、そのままベッドにうつ伏せになって倒れた。声が漏れてしまわないように、枕に顔を埋める。

どれくらい時間が経ったのかなんて分からない。瞼《まぶた》が重く、頭がボーっとして、胸がズキズキと痛む……。ゆっくり顔を上げると、床に転がり落ちている手袋が目に入った。

早く……忘れよう……。

大丈夫。

きっとすぐに、忘れられるから……。

——さよなら、クリスマス。

◇◇◇

校舎と体育館の間は、他の場所よりも強く風が吹きつけてくる。肌を突き刺すような風なのに、体は痛みを感じない。代わりに、心は氷のように冷たく感じた。

「たとえ私が香乃に相談していて、香乃より先に告白していたとしても、結果は同じだった。それなら言わないままでよかったって思うの」

毎年一緒に過ごしていたクリスマスイブとクリスマス。成長するにつれて子供の頃のようにはいかないということくらいは分かっていた。どちらかに彼氏ができたら、きっと二日とも一緒にいることとなんてなくなるんだろうなと、漠然と思っていたから。

あの日の夕方、香乃から『家に来るでしょ？』とＬＩＮＥが来たけれど、私は体調が悪いからと行かなかった。そして、『手袋渡せてよかったね』とだけ送り、その後は何度ＬＩＮＥが鳴っても見ることもせずに、ずっと部屋にこもっていた。渡せなかったクリスマスプレゼントは、その後しばらく机の引き出しにしまってあった。

「樋口ってほんと、素直じゃないな。なにもなかったかのように振る舞って我慢して、涙を流して、そんなの無理に決まってるだろ」

「幸野君て凄いね。まるで私の心の中が見えるみたい」

「見えるんだよ」

「えっ？」

「バーカ、冗談だよ。樋口の話をたどってるうちに、俺もお前たちの側にいるような気になってきてさ」

「そっか……」

体育館に背を向け再び校舎に入った私達は、そのまま階段を上がった。錆《さ》びついた手すり、汚れた壁。随分古くなった校舎も、来年建て替える予定らしい。

「三年生になったらプレハブか……」

「高校生活最後がプレハブなんて、ある意味貴重だろ」

「うん、まぁ……関係ないけどね」

「………」

失恋なんてどうってことはない。ただ少し泣いて、しばらくの間は元気がなくて友達に心配されたり、部活にも身が入らなくなったり……。黙ってても時間は流れてくれるのだから、この想いもいつかはきっと綺麗に消えてくれる。

幼馴染みの恋を応援して、修司とは仲のいい友達のままバスケの話で盛り上がったり、冗談を言い合ったりして。少し胸は痛むけど、きっと大丈夫。私が我慢すれば、これまで通りの関係でいられる。そう……思っていた。

でも実際は、幸野君の言う通りだったんだ。無理に決まってる。

「新学期が始まれば少しはスッキリするのかなって思ったけど、駄目だったんだ」

「そりゃそうだろ。そんな簡単なら思い出しただけで泣いたりなんかしねぇよ。失恋ってそういうもんだし」

失恋したからじゃないんだ。多分それは、相手が香乃だったから。子供の頃からずっと一緒にいた、大切な人だったから。

今さら私の気持ちを話して、香乃を悩ませたりしたくない。でもこのまま何事もなかったかのように振る舞えるほど、私はまだ大人じゃなかった。

大好きな二人に一番近い存在の私は、ただ逃げることしかできなかった。これ以上傷つかないようにと嘘をつき、目を逸らして……。

第五章　この恋にさよなら。

明日は始業式だというのに、なかなか眠ることができない。お正月は家族で香乃の家に行くことが多かったけれど、今年はお婆《ばあ》ちゃんに会いたいと私がわがままを言って、香乃の家には行かなかった。それでも香乃は明けましておめでとうという可愛いスタンプを送ってくれて、私はシンプルに『あけおめ』と送っただけ。

ベッドに寝転び分厚いアルバムを開くと、香乃と一緒に写った写真ばかりが貼られている。

私はそのうちの一枚にそっと手を添えた。二人とも目を潤ませ鼻を真っ赤にして、でも笑っている写真。小学校一年生の時、私は黙ってお母さんのネックレスを着けて公園に行ったことがあった。香乃に見せたくて。でも遊び終わった時にネックレスがないことに気づいて、私は大泣きしたんだ。『お母さんに怒られる、どうしよう』と。

そしたら香乃は、黙って一緒に探してくれた。空が茜《あかね》色に染まっても、夕焼けチャイムが鳴っても、必死に探してくれたんだ。でも結局見つからなくて泣きやまなかった私に、香乃が言ってくれた。

『大丈夫。私も一緒に謝るから。怒られる時も、二人一緒だよ』

もちろんお母さんには怒られたけれど、香乃が隣にいたことでどれだけ心強かったか。怒られている間もずっと手を握ってくれていた香乃を、私はこの先なにがあっても守ろうと、そう誓ったんだ。

視線の先にある小さな二人が、涙で霞《かす》んでいく。アルバムを閉じた私は、香乃にLINEを送った。

『バスケもっと上手くなりたいから、これからは毎朝早く行くことにした。ごめん。』

香乃から返信があったけれど、私はそれに気づかないふりをして、眠りについた。

＊

いつもより早く家を出た私は一人で電車に乗り込む。三両目ではなく、四両目に。万が一修司が早く電車に乗ってしまっても、会わないように。

少し早くしただけなのに、駅から学校までの道のりが違う景色に見えた。学校に向かって歩く生徒の姿も心なしか少なく思えて、いつも見る顔ぶれはそこにはいない。教室の中も同じで、いつもなら半分くらいのクラスメイトが登校しているのに、今はまだ二人しか来ていなかった。

冬休みの間に少しは落ち着くのではないかと期待していたけれど、修司の席の横を通るだけで感じる胸の痛み。こんな状態で今まで通りになんてできるはずがない。

しばらくすると徐々にクラスメイトが登校してきて騒がしくなる教室。

「おはよー」

声だけで修司だと分かってしまうことがつらくて、その声を聞くだけで、体育館で見たあの日の光景が甦ってくる。話しかけられないことを祈って、私は背中を小さく丸めた。

「奈々、おはよ」

「……おはよ」

「香乃に聞いたよ、毎日朝練するんだろ？」

「うん。まぁね」

私の気持ちを知らないのだから、こうなるに決まっている。クラスメイトの私と話をすることは、修司にとってはなんの変哲もない日常の出来事なのだから。

「あのさ、奈々に話が……」

「ごめん！　ちょっと早起きしすぎて眠いんだよね」

私は修司の言葉を遮って、机に顔を伏せた。その先は、聞きたくないから。

香乃からは、終業式の日以来、話があるから会いたいと何度も連絡が来たけれど、私はそれをずっと避けてきた。「付き合うことになった」。そう言われるのが怖かったから。真面目な香乃は、メールやＬＩＮＥでそれを伝えるようなことはしなかった。このままずっと逃げていれば、聞かずに済む。

授業が終わり、部活に向かう途中、廊下に香乃が立っているのが見えた。私は視線を落としたまま、香乃の前を通り過ぎようとした……その時。

「奈々」

香乃が私の名前を呼び、強く腕を掴んだ。

「奈々、私ね……」

「ごめん、早く部活行きたいから」

「でも、あの」

「私は真剣に部活やってるの！　ただ誰かを見ているだけの香乃とは違う！」

そう言って、香乃の腕を振り払った。

なんで、どうして……。痛い……。修司の告白を聞いた時より、ずっと、痛い。ひどいことを言ったのは私なのに。大好きなはずの手を振り払ったのは私なのに……。

胸が苦しくて、自分が嫌で、もう、消えてしまいたかった……。

真剣にやっているはずの大好きなバスケにも身が入らず、スタメン確実と言われていた私は、練習試合ですら一度もスタメンで出場することはなかった。体育館にいれば嫌でも目に入る二人の姿。それを見ないようにするだけで、精一杯だった。

もうすぐ、もう少しで忘れられる。心の中で自分に言い聞かせていたけれど、二人と距離を置いたまま時間だけが流れていった。

修司のことはクラスメイトだからあからさまに避けることはできなかったけれど、修司から香乃との関係を問い質《ただ》されることもなかった。多分、香乃がなにも言わないでほしいと頼んだんだろう。だから修司は、幼馴染みという私達の関係に口を挟むことはなかった。あるいは、香乃と私の関係に気づいていないのかも、と思ったこともあったけれど、それはない。

私の態度は、明らかに以前とは違っているから。一緒に登校することはなくなって、見かけても近寄らず、話しかけることもなくなった。周りをよく見ていて気遣いのできる修司が、そんな分かりやすい私の変化に気づかないわけがない。それに、時々なにか言いたげな目で私を見ていることがあるから。その視線を感じるたびに、私の心は荒《すさ》んでいった。

*

二月も後半に入り、このクラスでいられるのもあと少しになった。

「ねぇ奈々、ちょっと聞きたいんだけどさ」

昼休みの教室でアユミとお弁当を食べていると、向かい合わせに座ったアユミが前のめりになり、顔を近づけてきた。

「あのさー、奈々って一組の浅木さんと幼馴染みなんでしょ？　修司が浅木さんと付き合ってるってほんと？」

「どうしたの？」

アユミから視線を逸らした私は一瞬考えたあと、首を傾《かし》げながら答えた。

「そう……みたいだね」

「やっぱそうなんだ」

いつも元気なアユミが、妙に低い声で深刻そうに呟いた。

「なんで？」

二人が付き合っていると公言したわけではないのだから知らない人がほとんどだろうけれど、そういうことに敏感な人は気づくのかもしれない。

「なんか聞いた話なんだけどさ。その浅木さん、虐められてるらしいよ」

「……は？」

アユミの言葉に耳を疑った私は、箸《はし》を持ったまま石のように固まってしまった。

「ほら、修司ってモテるじゃん？　優しいし、頼りになるし、顔もかっこいいから」

「あぁ、まぁそうかもね……」

「だからさ、修司ファンが意外と沢山いるんだよ。あからさまな虐めじゃなくてさ、修司に気づかれないように陰湿な虐めが続いてるらしいよ」

いつから……？　そう言おうとしたけれど、話し続けるアユミの言葉に耳を傾けながら、私は再びお弁当を食べ始めた。けれど話を聞いていくうちに、また手が動かなくなった。

アユミの話によると、一組のあるグループが香乃を虐めているらしい。いわゆる目立つ女子の集団というやつだ。クラスの女子に香乃を無視するように言ったり、わざと聞こえるように悪口を言ったり。正直とても高校生とは思えないくらい、くだらない虐めだと思った。

「アユミはどうして知ったの？」

「一組に同じ中学の子がいて、教えてくれたの。上履きに画鋲《がびょう》入れられたり、授業で書いた習字を破られたりもしたんだって」

眉をひそめながら、小声でアユミが教えてくれた。

「くだらない……」

「だよね。まぁでもあと少しでクラス替えだし。うちのクラスはそういうのないから平和だよね」

確かに、あと少し我慢すればクラスもバラバラになって、虐めもおさまるかもしれない。でも今、香乃はどういう気持ちでいるんだろう。クラスの中で、一人でも話せる子はいるんだろうか。

「ああいう虐めるような奴らってさ、付き合ってるわけでもないのに仲よくしただけでキレるタイプだよね」

「うん。でもさ、私も一応修司と仲よかった気がするけど……」

「まぁ奈々の場合は本当に友達って感じだから、嫉妬の対象にはならなかったんじゃない？」

　そっか、傍《はた》から見ても私達はそうだったんだ。ただの、仲のいい友達。

「私なんて誰と誰が付き合おうが関係ないし、仮に好きな人が他の人と付き合ったとしても仕方がない話だし、いつまでもそんなことしたって意味ないのにね〜」

　ドキッとした。アユミの言葉は、まるで自分に向けられているかのように感じたから。香乃を避けたまま、目を逸らし続けて、それでこの気持ちはどうにかなるんだろうか。だけど二ヶ月以上近くもこういう状態なんだから、今さら簡単に元には戻れない。

「ちょっとトイレ行ってくる」

　お弁当を食べ終えた私は教室を出て、そのままトイレの前を通り過ぎた。一組のうしろのドアからそっと中を覗き込むと、窓際の前から二番目の席に座っている香乃。自分の席で、一人でお弁当を食べているようだった。その横顔は、少し寂しそうに見える。

視線を廊下側の席に移すと、四人の女子が固まってお弁当を食べている。昼休みだから廊下も教室も騒がしくて会話まではまともに聞き取れないけれど、さっきからそのグループの女子達はいじわるそうな顔をして香乃の方を見ながら笑っているように見えた。バカにするように、クスクスと。

周りには他にもクラスの女子がいるのに、誰も香乃に話しかけようとしない。一人机に向かっている香乃の背中はとても小さくて、今すぐ行って抱きしめてあげたいと思った。

だけど……香乃を守るのは、もう私じゃない。グッと拳を握りしめ、ゆっくりと香乃から視線を逸らす。

一組を離れて自分のクラスに戻ろうと廊下を歩いていると、アユミがこちらに向かってくるのが見えた。

「奈々〜、私もトイレ。って、あれ？　なんかあった？」

「どうして？　なにもないよ」

「そっか、ならいいけど」

トイレに向かったアユミに軽く微笑みながら手を振った。私、顔に出ているのかな。自分の頬に手を当ててみたけれど、自分では分からない。

「下手くそだな」

再び廊下を歩き自分のクラスに向かっていると、突然右側から聞こえてきた言葉に足を止める。廊下の壁に寄りかかっているその人の目は、私を見ていた。今のは、私に言ったの？

「それって、笑ってるつもりなのか？」

「……えっ？　あ」

私がなにか言おうとした瞬間、彼は私に背を向けて行ってしまった。

今のって、確か……バスケ部の……。

教室に戻って午後の授業を受けている間は、香乃の小さな背中ばかりが浮かんだ。

修司は知らないの？　彼女なのに、彼女がクラスで一人なのに気づかないの？　男はそういうところ、本当に鈍感だ。香乃もきっと、心配させまいと修司と一緒にいる時は態度に出さないようにしているんだろう。クラスの女子も、誰も香乃の味方をしていないのだろうか。

それにしても……修司と付き合っているからといって、それが虐めていい理由になるの？　絶対にならない。というか、どんな理由があったとしても、虐めていいわけがない。

どうしようもない苛《いら》立ちを感じているけれど、私はどうなんだと自分に問いかけた。

私だって、香乃を避けてる。それに、香乃を助けることもできず、ただ見ているだけ。それって彼女達となにが違うんだろう。自分が傷つかないために、香乃を……。


五時間目の化学の授業は、全く頭に入らなかった。

部活の時、香乃より先に修司が体育館に来たら、それとなく話してみよう。修司とちゃんと話をするのは久しぶりだけれど、もうそんなことは言ってられない。修司しか、香乃を守れる人はいないんだから。

着替えをして体育館に着くと、男バスは既にそれぞれシュート練習をしたりウォーミングアップをしている。修司は隅の方でバッシュを履いていた。

体育館に入った私は、そのまま修司の元へ向かう。少しくらいは戸惑ったり緊張したりするのかと思っていたけれど、なにもためらわなかった。今は香乃のことしか考えていないから。

「あのさ、修司」

私から話しかけるのは久しぶりだからか、少し驚いたように目を見開き、私を見上げた。

「香乃が……」

「ねぇ、園田君」

香乃のことを話そうとした時、男バスの二年生のマネージャーが修司に声をかけてきた。

「園田君さ、香乃どうした？」

「え？」

「いつも一番早く来て、得点ボード出したり全部準備してくれるんだけど、珍しく遅いから」

「いや、なにも聞いてないですけど」

「香乃の頑張りに私もちょっと甘えてたところもあったけどさ、遅れてくることなんてないからなにかあったのかな？　と思って」

香乃が一番に来て？　そんなことをしてたなんて、今まで知らなかった。ただ修司の側にいたいからマネージャーになったんだと思ってたし、あの時私……。

『ただ誰かを見ているだけの香乃とは違う！』

手を振り払った時の香乃の顔が、脳裏に浮かぶ。大きな目を潤ませて、私を見つめていた。

「まぁ、そのうち来るかな」

「はい。休むとは言ってないし、来ますよ」

胸騒ぎがする。分からないけれど、モヤッとしたなにかが胸の中に影を落とした。

「奈々？　どうし」

「香乃、どうして遅いんだと思う？」

修司の言葉にかぶせるようにして、問いかけた。

「先生に、呼ばれたとか……」

そうかもしれない。でも、そうじゃないかもしれない。

「どうしたんだよ、奈々？」

「私……」

今日見た一組の光景が甦り、当たってほしくない嫌な予感が頭を過った。

「なんかあったのか？　話してくれ、奈々」

遅れるなら、必ず部員の誰かにそれを伝えるはず。私だったら、ちょっと遅れるだけならいいかと思ってしまうけれど、香乃は違う。

「修司は部活やってて」

「でも、俺も……」

香乃のことだから、自分が虐められているということを修司には知られたくないのかもしれない。もしも私の不安が当たっていたら。そう思うだけで、体が震えるほどの怒りを感じた。

「香乃のことは、私に任せて」

修司にそう言い、キュッとバッシュの音を鳴らしながら体育館を駆け出した。

「奈々！」

擦れ違う生徒にぶつかりそうになりながらも、私は全力で走った。

校舎の中にいる生徒の姿は疎らで、一つ一つの教室やトイレを見て回る。そして一組の教室の前に立つと、前後のドアは完全に閉められているのに、中からは微《かす》かに話し声が聞こえてきた。

そっと前のドアを開けると、私がいる位置からちょうど対角線上の窓際に数名の女子が立っているのが見えた。お昼休みに見たグループだと、すぐに気がつく。そしてその女子達の隙間から見え隠れしているのは、香乃。胃を締めつけるような不安と、言いようのない後悔の念が徐々に押し寄せてきた。

四人の女子に囲まれている香乃は、スカートを握りしめている。下を向き、悲しげに潤む大きな瞳は、涙を流さないようにと必死に耐えているように見えた。

私はなんてバカなんだ。私はなんて愚かなんだ。香乃のことを見ないようにしていた間、香乃はずっとこんな表情をしていたのかもしれない。誰かに助けを求めたくても、その唯一の相手は自分を見てくれない。どれだけ悲しくて、どれだけつらかったか、考えただけでも胸が張り裂けそうになる。ずっと逃げ続けていた私は、理不尽な理由で孤独になっていた香乃に気づけなかった。

ゆっくり近づくと共に聞こえてくる、鋭い刃物のような言葉達。

「なんであんたが修司と付き合ってんの？」

「マジで似合わなすぎるんだけど」

「見せびらかしてるつもり？」

「早く別れろよ」

香乃は俯いたまま唇を噛みしめ、心を突き刺すような言葉にただジッと耐えている。

あんた達に香乃のなにが分かるの？　香乃は真面目で友達思いで、誰にでも優しくできる子なんだ。子供の頃からずっと、私は何度も香乃の言葉に救われてきた。なにがあっても香乃は私の味方だった。喧嘩をしたって、いつも先に謝るのは香乃の方で。

こんなにも大切だと思える友達に出会えたことは、きっと奇跡のようなもの。ずっとずっと大切にしていきたいって、そう思っていたのに……。

『香乃のおもちゃ、貸してあげるよ』

『大丈夫。私も一緒に謝るから』

『約束を忘れないように、ちゃんと紙に書こうね。そしたらケンカしなくていいし』

『クラスのみんなに無視されても、私には奈々がいるから』

『ごめんね、奈々に心配かけたくなかったの』

『奈々がいれば、私は大丈夫だよ』

『私、奈々が試験に合格するようにってお願いしたの』

『好きな人ができたら、一番に報告するから』

『一緒に学校行こう』

『ねぇ奈々……大好き。ずっと友達だよ』

これまでくれた香乃の優しい言葉が、頭の中で何度も繰り返し流れてきた。

ごめん……。今までごめんね、香乃。私やっぱり、香乃が泣くのは耐えられない。香乃にはいつも笑っていてほしい。あなたが笑えばそれだけで、私の心は温かくなれるから。香乃が泣くくらいなら……私が代わりに泣くから。大好きな幼馴染み、姉妹のように育った私達。これからもずっと、そうやって……。

「やめて!!」

大声を出した途端、四人が一斉に振り返った。

私は四人の間から手を伸ばし、香乃の手を握った。自分から振り払ったはずの、その細くて白い手を。

「香乃、こっち」

そう言って香乃を自分の方に引き寄せる。

不快感を露《あら》わにした表情で、八つの目が私を睨《にら》む。

「なに？　今、取り込み中なんだけど」

腕を組みながら一歩前に出た女子の剣幕にも、私は揺るがない。心が震えても、たとえ手を出されたとしても、私の背中に伝わるその小さな手が震えているから。

「くだらない理由で香乃を虐めるのはやめて！　修司は香乃が好きなの。あんた達がなにを言ってもそれは変わらない！」

虐めたって、妬《ねた》んだって、二人の間には誰も入れない。誰も……。

彼が見ているのは……香乃なんだから。

「は〜？　マジムカつくんだけど」

——ガラッ！

「なにやってんだよ！」

勢いよく開けられたドア、そこには修司が立っていた。

ツカツカと歩み寄る修司に、女子達は少しずつ後退していく。

「香乃になんかしたの？　彼女のこと傷つけたら、マジで許さないから」

決して怒鳴るわけではないけれど、いつもは温厚な修司が、私も聞いたことのないような怒りを含んだ低い声でそう言い放った。

逃げるように教室を出ていく女子達。私の背中から聞こえてくるのは、「ごめんね」と何度も繰り返す小さな声。違うよ。謝らなきゃいけないのは私なんだ。いつも私を支えてくれていた香乃を、守ると誓ったのに……。

「ごめんね……」

ポツリと呟いた私の言葉が、香乃に聞こえたのかは分からない。

でも、ごめん。

「なにがあったんだよ」

腰を屈め、心配そうに香乃の顔を覗き込む修司。

「あとは香乃から聞いて」

私はそう言って、二人に背を向ける。

「待って奈々！　私、私……」

香乃の声に足を止めた私は振り返り、微笑んだ。精一杯笑って、香乃の目を見つめる。

「やっぱ早起きつらいから、明日一緒に……学校行こう」

大丈夫、きっと上手く笑えている。これ以上香乃を苦しめないために、香乃のためなら私は笑えるから。

教室を出て廊下を歩いていると、足音と共に私を呼ぶ声が聞えた。

「奈々、奈々！」

「修司……」

「あのさ、ありがとう……。俺なにも気づけなくて。ありがとう、奈々」

名前を呼ばれると、まだ胸が痛む。優しく微笑みかけられると、泣きたくなる。

「早く香乃と一緒に部活戻りなよ、先輩に怒られるよ。ってヤバい、私もだった。じゃーね」

走り出した私の視界が、徐々に霞んでいく。

大丈夫……私ならできる。

大好きな二人のためなら……嘘をつける。

——さよなら、私の恋。

第六章　旅の終わり。

香乃と二人、毎朝同じ時間に家を出て三両目に乗り込むと、そこに立っているのは眠そうに目を擦っている修司。私は笑顔で修司におはようを言って、三人で他愛《たわい》のない会話を楽しむ。修司のボケに私が突っ込んだり、バスケの話をしたり。

そして……楽しそうに笑う香乃に向けられる、修司の優しい笑顔。それに気づいた時は、決まって外の景色を眺める私。

「毎日がその繰り返しだったとしても、人が沢山いる通学電車の中なら笑えていたんだ。でも……」

「神様は想像以上に意地悪だった。だろ？」

廊下の壁に寄りかかり、しゃがみ込んでいる幸野君が私を見上げた。

「うん。意地悪だった」

二年のクラス替えで、私達三人は同じクラスになってしまった。それでもなんとか笑えていたのは、香乃にはもう二度とあの時みたいな思いをさせたくなかったのと、この関係が壊れるのが怖かったから。

「まさか、同じクラスになるなんて思ってもいなかった」

「ついでに俺も一緒だけどな」

勢いよく立ち上がった幸野君は、そのまま二年二組のプレートがかけられている教室の中に入っていった。中に入るのを一瞬ためらった私は、幸野君に手招きをされてゆっくり足を踏み入れる。

　修司の席は窓から二列目の前から二番目。その右隣は香乃。私の席は、窓際のうしろから二番目。一つずつ席をたどりながら自分の机に手を置いた私は、そのまま椅子に座った。

「電気をつけなくても、晴れてればじゅうぶん明るいんだね」

　窓から差し込む太陽の光が、教室の中を照らす。

「そうだな」

　教壇に立っている幸野君が、眩しそうに目を細めて外を見つめた。

「この席に座っているとね、二人の姿がよく見えるんだ」

　好きな人の背中を見ていたいから、修司よりもうしろの席に座りたいと思い続けていた。でもそれが今になって叶《かな》うなんて、本当に残酷だ。近くにいたはずなのにとても遠く感じて、触れたいのに決して触れることのできない背中。

「ちなみにさ、俺の席覚えてる？」

「え？　あ、っと……廊下側、だったような」

「すげー曖昧《あいまい》じゃん。まぁ、俺の席を覚えてる余裕なんかなかったか」

「ごめん、そういうんじゃないけど」

　少し困って俯くと、幸野君は教壇を下りて自分の席に座った。

「ここだよ」

廊下側のうしろから二番目。ちょうど私と同じ横の列だった。

「そういえば二年になってから一度だけ、午前だけ授業の日に三人でお昼ご飯を食べに行ったことがあるの」

「三人で？」

「うん、三人……」

うちの学校の生徒がよく行く駅前にあるファミレスでご飯を食べながら、修学旅行はどこに行くんだろうとか部活のことやくだらない話題で盛り上がって、ご飯を食べ終わってからも、気づけばドリンクバーだけで二時間もファミレスにいた。

「楽しかった、凄く。香乃もずっと笑ってたし。でもね……」

一瞬言葉に詰まり、なんとなく幸野君の視線を感じたけれど、私は前を向いたまま話を続けた。

「凄く小さくて些細なことなんだけどさ、修司は香乃の飲み物がなくなると、すぐに気がつくの。それで香乃になにを飲みたいか聞いて、香乃が答えて……そのあとに、私の飲み物も入ってないことに気づいて聞いてくれる。ファミレスにいる間はずっとそうだった」

それは、修司がつねに香乃を見ていたから。香乃しか……見ていないから。私は、香乃の次。あたり前だけれど、決して一番にはなれない。チクチクと胸が痛んだけれど、三人でいる時は香乃のために笑っていようと思った。そう決めたのは自分だから。

「私なんかより香乃を見てるのは当然なんだけどね」

苦笑いを浮かべた私に、幸野君は眉をひそめてため息をついた。

「それって楽しいって言えるのか？」

「楽しかったよ。香乃も幸せそうだったし、私もいっぱい笑って」

「そんなの、笑ってるって言わねぇだろ。樋口の笑顔はもっと……」

「え？」

「確かに、周りから見れば仲のいい三人に戻れたって感じだけどさ、お前の気持ちはどうしたんだよ」

机に肘をつきながら、私を見つめる幸野君。

「だから私の気持ちは、香乃が苦しまないように、香乃を悲しい気持ちにさせないように、今まで通り楽しく……」

「なんだそれ。〝香乃のため〟〝関係が壊れないため〟とか言って、そうやって下手くそな笑顔浮かべて、それが樋口の言う楽しいってやつなのか？」

なんで、どうしてそんなこと言われなきゃいけないの？　私の気持ちなんて、幸野君に分かりっこない。

幸野君から視線を逸らし、机の上に置いた手をグッと握りしめた。

「仕方ないじゃん！　香乃は私の大切な親友なの、幼馴染みなの！　香乃を悲しませるくらいなら、そんなのどうってことない！」

大好きな人のうしろ姿を見るたびに胸が苦しくなって、隣を嬉しそうに見つめる香乃の横顔に心が痛んだって、私さえ我慢すれば……。

「なにも言わずに一人で泣くことが、浅木のためだって言うのか？」

席を立った幸野君がゆっくり私に近づき、隣の席に座った。

「私、泣いてなんかない」

「最初に言っただろ。泣いてるようにしか見えないって」

背もたれに寄りかかり、天井を見上げた幸野君。

「浅木だって同じじゃないのか？　もし自分のせいでお前を苦しめてるって知ったら、浅木はどう思う？」

「だから！　だから……私が言わなければ、このまま忘れてしまえばいい話でしょ!?」

そのために、私は幸野君に全てを話して、思い出の一つ一つにさよならしようと決めたんだ。

「で、さよならの旅ってやつはどうなんだよ。全て忘れて、心がスッキリ晴れたのか？」

私は自分の胸に手を当て、視線を落とす。

終われると思った。これでもう嘘をつく必要はない、この旅が終わる時には神様が全部終わらせてくれるんだと。それなのに、幸野君に話をするたびに想いが甦ってきて、消そうと思えば思うほど……苦しかった。

「好きって気持ちはさ、一度抱《いだ》いたらなかなか消えないんだ。その想いが大きければ大きいほど」

「じゃーどうしたらいいの？　ていうか……私、どうしてここに……」

幸野君の視線から逃《のが》れようと、机に顔を伏せた。

「消えてしまえれば、楽だったのに。そうすれば二人は……」

「ふざけんな！」

静かな教室に響き渡った怒鳴り声に顔を上げると、強張った表情で私を見つめている幸野君。

「言ってることがおかしいだろ？　消えれば楽？　そうすれば二人は気を遣わずに幸せになれるとでもいいたいのかよ」

男の人に怒鳴られるのは初めてだった。でも怖いという気持ちにならなかったのは、幸野君の目に、悲しみの色を見たから。なんで私なんかのために、そんな目をするの？

「悲しませたくない裏切りたくないって思ってるなら、もしお前が消えた時、大切な幼馴染みはどう思う？　お前が一番泣いてほしくないと思ってる人が、一生泣き続けることになるんだぞ！」

　机の上にぽろぽろと零れ落ちる涙は、何度拭っても溢れてくる。

「……っ……うっ……だって……分かってる……でも」

　心の中に溜まった気持ちが、どこにも飛び立てないままの想いが、私を苦しめるんだ。

「簡単だよ」

「……？」

「樋口の……奈々の心の中にある本当の気持ちを、吐き出せばいい。浅木にも、修司にも」

　自分の気持ちに嘘をつき続けていたのに。香乃の幸せを喜んでいるふりして、本当は泣いていた。大切な親友って言いながら、その親友に対して自分の本当の心を隠し、上辺だけ笑顔を取りつくろっていたのに。そんな私を、香乃は受け止めてくれるんだろうか……。

「怖いかもしれない。凄く不安だと思う。だけど奈々なら大丈夫だ。本当の気持ちを伝えた時、奈々はきっと……」

「幸野君……」

「大丈夫だよ。もしお前が泣いたら、俺がたこ焼きおごってやる」

「なんで、たこ焼き……？」

「いいだろ、美味いんだから」

私達は自然と立ち上がり、お互いの視線を合わせた。

「このまま終わらせる覚悟があったんだったらさ、思いっ切り自分の気持ちをぶちまけて、思いっ切り泣けよ」

「私……っ……」

その時、突然目の前がパッと青白く光った。眩しくて目を開けていられないほどの強い光。

私は咄嗟に自分の手を目の前にかざす。

徐々に薄れていく明かりの中で、かざした手だけが尚も白い光を放っている。

「……えっ？　な、なに？　なにこれ」

焦りながら自分の手を何度も確認していると、その光が腕、体、脚へとゆっくり広がっていく。

「幸野君！　これ……」

ちゃんと見たいのに、光のせいで幸野君の姿がよく見えない。

「ねぇ、幸野君！　私！」

そう叫ぶと、伸ばした私の手に、大きな手がそっと触れる。

「この旅は、さよならをする旅なんかじゃなくて……、明日を迎えるための旅だったんだよ。きっとね」

とても温かくて優しい手が離れた時、白い光の中で……幸野君が微笑んだような気がした。

どうしてかなんて分からない。勝手に溢れてくる涙が、止まることなく頬を伝う。なんで、私どうして泣いてるの？　この温かい涙は……なに？

「浅木だってきっと、奈々の言葉を待ってる。大丈夫だよ、奈々がいい奴だってこと、俺は知ってるから」

「幸野君！　私が泣いたら……その時は！」

白い光が全身を包み込み、ついに幸野君の姿が見えなくなった時……。

声が聞こえた気がした。

私を呼ぶ、優しい声。

頑張れっていう、幸野君の声が……。

◇　◇　◇

一人になった教室の中、ポケットに忍ばせておいた物を取り出した。

ほんと、下手くそだな……。でも……暖かい。あいつにとって神様は意地悪な存在だったけれど、俺にとっては違ったんだ。

なにもできなかった俺に、あいつの本当の笑顔を取り戻すための時間をくれた。現実を受け止めるのはつらいし、泣くだろう。それでも、全部を吐き出せた時、きっと、心から笑えるはずだから……。

頑張れ。頑張れ、奈々。

◇◇◇

鼻につく独特な香り。重い瞼をゆっくりと開くと、真っ白な天井と蛍光灯の眩しさに、再びキュッと目を瞑る。

「……な！　奈々!?」

もう一度目を開けると、お母さんが心配そうに目を潤ませて私の顔を覗き込んでいる。

「……え？　お母さん？」

「お母さん？　じゃないわよ！　よかった……どこか痛い？　お母さんのこと分かるわよね？」

私の気持ちはとても落ち着いているというのに、いつものんびりしているはずのお母さんが、何故か凄く慌てていた。

「どうしたの……？」

自分の置かれている状況をすぐに把握することができず、横になっている体をゆっくり起こそうとした時、突然襲ってきた強い痛みに顔を歪《ゆが》めた。

「痛っ！　なに？　足痛い……」

「足だけ？　他は大丈夫？　今先生来るから」

先生……？

その言葉に、初めて私は周りをぐるりと見渡した。

白い壁に囲まれた部屋には大きな窓、右を向くと小さなテレビが置かれていた。

「ここって……」

「軽い脳震とうと足の打撲だけで他に異常はないって言われたのに、あんたなかなか目を覚まさないからみんな心配して……」

止まることのないお母さんの言葉に耳を傾けているけれど、なんだか現実味がなくて心がフワフワと落ち着かない。お母さんって、こんなに早口で喋れるんだ。

先生が来て一通りの診察を終えると、明日また検査をするけれど恐らく大丈夫だろうと言われた。

再びお母さんと二人きりになった病室。そういえば今何時なんだろうと時計を探す。

「お母さん、今って何時？」

「ああ、そうね。えっと」

お母さんは鞄から、長年使っているガラケーを取り出した。

「もうすぐ十一時になるわよ」

十一時……。

薄いカーテンがかかっているけれど、窓の外は明るいようだ。

「あのさ……私、事故に遭《あ》ったんだよね？」

「なに言ってんの、まさか覚えてないの？　本当に大丈夫？　もう一度先生呼んで」

「あー、大丈夫大丈夫。ごめん、ちょっと混乱しただけだから」

「本当に？　それならいいんだけど」

どうして病院にいるのか、それは覚えている。なにかが爆発したかのような大きな音も、体に受けた衝撃も。

でもあれは……夢、だったんだろうか。

「一昨日の夕方、病院から連絡が来た時は心臓が飛び出るかと思ったわよ。でも命に別状はないし、怪我もひどくないって言われてようやく安心できたんだから」

夢にしては、全てがとてもリアルだった。掴まれた腕、冗談を言う声や怒鳴り声。触れた手も、薄れていくその顔も……。

「あんたがこうやって大きな怪我もなく無事でいてくれたのは、幸野君のお陰ね……」

「……え……今、なんて……」

頭の中の白いモヤが、次第に溶けていく。手が震え、呼吸が乱れると、体がぐらぐらと揺れているような感覚に陥った。

夢なんかじゃない。私は確かに、彼と一緒にいた。最後に聞いた声。私の話をずっと真剣に聞いてくれた彼のまなざし。
始まりはまだ薄暗い空の下で、私は……私を見下ろして……。
全ての時間が頭の中で巻き戻されていく。
雨上がりの蒸し暑い空気の中、私はあの日……。

第七章　嘘の行方、大切な人の涙。

「奈々、本当に大丈夫？」

眉間にしわを寄せ、不安そうに何度も同じ言葉を繰り返す香乃。

「大丈夫だってば、この時季はいつものことだし」

雨の季節が近づいてくると、昔から時々偏頭痛に襲われることがある。一度病院に行ったけれど、特に問題はないとのこと。そんなに頻繁に起こるわけではないから私も気にはしていない。

本人がそうだというのに、香乃はいつまでたっても私の頭痛に敏感に反応してくれる。まぁ、もし逆の立場なら、私も心配して大きな病院で精密検査を受けてきなと言っただろうけど。

「ちょっと休めば大丈夫だし、それプラス今日は生理だから、それもあるかな」

「それならいいけど。もう一回病院行ったら？」

「そうだね、そうするよ」

私がなにを言っても香乃の心配が治まらない時は、こうやって安心するような言葉を返すのもいつものことだ。

「それよりほら、みんな行っちゃったよ。香乃も行かなきゃ」

頭が痛いという理由で、体育の授業は休むことになった。先生には保健室に行くと言ったけれど、恐らく頭痛薬をもらってベッドに横になるだけだし、最初から保健室に行く気なんてない。

私は教室で一人、窓から校庭を眺めていた。

女子は体育館で、男子は校庭か。今日はサッカーかな？　視線の先、校庭ではジャージ姿の男子が二ヶ所に分かれ、真ん中にいる男子の足元にはボールがある。先生が笛を吹くと、一斉に動き出す男子達。

私はボールを追うわけでもなく、目まぐるしく動き回る男子の中で必死に彼の姿を探した。最初に電車の中で見た時よりも少しだけ髪が伸びていて、染めてないって言った髪の色は、太陽の光で自然と茶色く見える。入部した頃に比べたら、初心者だとは思えないほどバスケはかなり上達した。

でも、サッカーは苦手なのかも。ドリブルをしようとボールを蹴《け》ると足からすぐに離れてしまうし、シュートなのか分からないけれど、思い切り蹴ったボールはとんでもない方向に吹っ飛んだ。

そんな修司の姿に、私は思わずクスッと笑う。失敗しても下手でも一生懸命で、とても楽しそうに大きな口を開けて笑う修司は、出会った時となにも変わらない。そんな修司を、こうして遠くから見ているだけで、それだけでいい。私の気持ちが伝わらなくても、女子の中では仲のいい友達。そう思ってくれるだけでいい。彼女の幼馴染みというだけで、あなたの目に映る回数が他の子よりも少しだけ多ければ、幸せだと思えるから。

修司のことを目で追っていると誰かが転んだのか、みんなが一ヶ所に駆け寄っていく。試合が中断したところで、私はようやく校庭から視線を逸らした。

二年になってもうすぐ一ヶ月。香乃と修司がいる教室にも、だいぶ慣れてきた。自分の気持ちを消し去ろうと決めたのに、同じクラスになってしまった時は本気で神様を恨んだ。

でも香乃のことを思えば……そんなのはとても些細《ささい》なこと。こうして自分の席に座っていても、見なければいいんだから。香乃を避けていた時の胸の痛みに比べれば、苦しくたって香乃と一緒に笑い合える方がマシだ。笑っていた方が……。

誰もいない教室のはずなのに、真っ直ぐ前を見ていると、彼の背中が見えてくるようだった。

授業中、顔は見えなくても、ずっと見つめてきた彼の顔を思い浮かべるのはとても簡単で、今黒板の文字を真剣に見ているんだなとか、肩を揺らして笑っているとか、隣の席を見て……微笑んでいるなとか。そう思うたびに、私の心は曇っていく。

私は席を立ち、いつも見ている二人の席の間に立った。自分が苦しみたくないからと、私は一度香乃を傷つけた。だけど今は、もう二度と香乃を悲しませないと、傷つけないと誓ったんだ。

でも……。どうかほんの少しだけ、本当の気持ちを吐き出してもいいですか？

黒板の前に立った私の手には、白いチョーク。それを、ゆっくりと走らせた。どうか……たった一度だけ、この瞬間だけでいいから……。私は……。

お昼休みを迎えた頃には頭痛も治まってくれたから、なんとか部活には出ることができた。体育は休んでも、部活は絶対休みたくなかったんだ。これがいわゆる〝病は気から〟というやつなんだろうか。

今日は男バスはトレーニングルームの日だから、女子が体育館の半面全部を使うことができる。体育館の四分の一で練習することが多いからか、半面使える日はとても貴重だ。それに、男バスが体育館にいないということは、練習にも身が入る。

もうすぐ三年生は引退。今までみたいに個人的な感情に流されていたら、十人いる二年の中でスタメンを勝ち取ることはできない。頑張らなきゃ。

「奈々、だいぶ調子戻ってきたみたいじゃん。いっときはスランプっぽかったけど」

「はい、なんか上手くいかなくて悩んでたんですけど、最近は絶好調です」

先輩の言葉にそう返事をし、スリーポイントの位置からシュートを放った。

「ここだけの話、奈々が入ってきた時は三年のみんなかなり焦ったんだよ」

「えっ？」

「中学からやってただけあって上手かったし。私達が引退したあと部員を引っ張るのは確実に奈々なんだから、頑張ってよ」

小声で伝えてくれた先輩の言葉が嬉しくて、思わず泣きそうになってしまった。

「はい、ありがとうございます！」
教室では無理だけれど、体育館では二人がいてもいなくても部活に集中しよう。この場所でボールを触って汗をかいている時だけは、自分の心に嘘をつかなくて済むから。

部活が終わって着替えを済ませ校舎を出ると、地面が少し濡れていることに気づく。部活中に雨降ったのかな？　吹く風が少しじめっとしている。

学校を出たところで一度スマホを確認すると、いつものように香乃からＬＩＮＥが入っていた。

『部活終わったかな？　お疲れ様』

送信時間は今から三十分前、男バスの練習が終わってすぐ送ってくれたんだろう。

香乃は、前よりも頻繁にＬＩＮＥを送ってくるようになった。どこか私に気を遣ってるんだと気づいていたけれど、それを聞くことすらできない。

スマホを鞄に入れ、再び歩き出した。十七時半を過ぎてもまだ空は少し明るくて、薄くオレンジ色に染まっている。

日が落ちるのが遅くなってきたな。でもこれから梅雨か、私の嫌いな季節だ。二年生が終わるまで、あと約十ヶ月。長いな。三年生になったら、二年間一緒だった修司とは違うクラスになるかもしれない。そうしたら、今よりも気持ちは楽になると思う。だけど卒業式を迎えた時、私は心から笑って香乃と写真を撮ることができるんだろうか。正直、全然想像できないけれど、もしかしたら新しく好きな人とかできていて、思いっ切り笑顔になっているかもしれない。そうなってくれたらいいのに。

橋を渡っているとその先にラッキーロードが見えて、チクっと胸が痛む。川沿いを歩いていると、嫌でも思い出す。考えたくないのに、勝手に頭に浮かんできてしまう。なかなか話しかけられなくて、その背中を追いかけるようにして歩いているだけで、幸せだと思えた通学路。

卒業までの間、私はずっとこんな気持ちのままこの道を歩かなければいけないんだろうか。それとも、この気持ちはいつか消えてくれるのかな……。

駅前の大通りに来たところで、赤信号に立ち止まる。

香乃はもう帰ったかな。修司と一緒に……。俯き地面を見ていると、視界に入っていた周りの人達の足が一斉に動き始めた。

少し遅れて歩き出した私は、ようやく顔を上げる。けれど横断歩道を半分渡ったところで、私は足を止めてしまった。

「……あっ」

信号の先の通りを歩いている、香乃と修司を見つけたから。

私より先に帰ったはずなのに、どこかで寄り道をしていてこれから電車に乗るんだ。

立ち止まっている私の横を、足早に通り過ぎる人の陰。このまま横断歩道を渡ったら、二人に会ってしまう。このまま渡ったら……。

私に気づいた香乃が、笑顔で「一緒に帰ろう」と言ってくる姿が頭に浮かんだ。二人きりで帰るはずだったのに、私が邪魔をしてしまう。その時修司は、どんな顔をするだろう。いつもみたいに穏やかな笑顔を浮かべるのか。それとも……。

私は右足をゆっくりうしろに引いた。

会いたくない。もう三人で並んで歩くのは、つらすぎる。

勢いよく振り向き、走り出した……次の瞬間。左折してきた車に私はハッと息を飲み、時が止まったかのように体がその場に固定され、動けなくなった。

「危ない!!」

残ったのは、大きく鳴り響いたブレーキ音と、体に受けた衝撃。

それと、手の温かさ。

そして……私の名を呼ぶ誰かの声だけだった。

——……ぐち

——だい……ぶだ…

——れが……ちを

——……から……

◇　◇　◇

あの時、微かに聞こえていた誰かの声。薄れていく意識の中で、ほんの僅かに見えたのは……。溢れ出る涙に、たまらず両手で顔を覆った。

「奈々？　ちょっと、大丈夫？　どこか痛いの？」

私の手を握り、微笑みながら彼は言ったんだ。『大丈夫だから』って。『樋口、大丈夫だから』。確かにそう言った。あれは……幸野君だった。

「お母さん……幸野君、幸野君は？　今どこにいるの？　無事なんだよね!?」

言いようのない恐怖と不安が体中を駆け巡る。

「落ち着いて、奈々！」

お母さんが私の肩を抱き、優しく背中を擦った。

「ねぇお母さん、幸野君に会いたい！」

「奈々……」

「彼がいなかったら、私は……」

香乃と修司、幸せな二人のいる世界から逃げた私は、そのままならきっと目を覚ますことはなかった。でも、幸野君が私の話を真剣に聞いてくれて、大丈夫だと手を握ってくれたから。笑ってくれたから。自分の本当の気持ちを吐き出す勇気をくれたから。

「会いたい……会いたい……」

短い旅の終わりに……頑張れって、幸野君が背中を押してくれたから。

「お母さん！　ねぇお母さん！」

「ちゃんと話すから、落ち着いて。幸野君は……」

＊

どれくらい眠ってしまったんだろう。再び目を開けると、カーテンの外はさっきよりも少しだけ明るさを失っているようだった。お母さんが置いていってくれた小さな置き時計は、十七時を指している。

体を起こし、ふーっと小さく息を吐くと、布団の上に置いた自分の両手を見つめる。すると廊下からバタバタと足音が聞こえてくる気がした。その音は次第に大きくなっていき、私がいる病室の前でピタッと止んだ。

――ガラッ!!

ノックもせずに突然開けられたドアに驚き、視線を移した。

「奈々っ！」

ただ名前を呼ばれただけなのに、自然と涙がポロポロと零れ落ちていく。言いたいことは沢山あるのに、涙が邪魔をして言葉にならない。けれど、子供のように顔を歪めて涙を流すその姿に、私は精一杯声を絞り出した。

「……の、……うっ……香乃、香乃！」

すぐ近くにいるのに、凄く遠くに届けるかのように、何度も何度も声を出した。

「香乃！　私……」

香乃は顔を歪めたまま、少しずつ近づき私の横に立った。鼻をすする音と、時々漏れる声が静かな病室に響き渡る。

「香乃……ごめ」

ごめんね。そう言おうとした時、香乃が私の体を強く抱きしめた。

「奈々！　奈々！」

その小さな細い体はとても温かくて、耳元で聞こえる声は、震えていた。

「よかった、よかったよ……奈々。私……っ、あぁ……」

「ごめん、ごめんね……香乃、っごめん」

香乃につらい思いをさせたくなかった、悲しませたくなかった。それなのに。たった一つの嘘が自分を苦しめ、一番泣いてほしくないと思っていた人に、こんなにも悲しい思いをさせてしまった。ごめんね、ごめんね香乃。

お互いの気持ちが落ち着くまで、私達はなにも言わずに抱き合った。互いの心臓の鼓動が、優しく伝わる。

徐々に二人の呼吸が整ってくると、ゆっくりと私から離れた香乃。そのままベッドの横に置いてあったパイプ椅子に座った。目の前にいる香乃は目も鼻も真っ赤で、子供の頃に撮った写真と同じ顔をしている。

私はもう一度呼吸を整えようと、深く息を吸い込んだ。

――幸野君。私、ちゃんと言うよ。嘘の笑顔なんかじゃなくて、心から笑えるように。

「香乃、私ね……修司のことが好きなの」

真っ直ぐ私の目を見つめたまま、香乃は小さく頷いた。

「ずっと言えなかった。言ったら香乃がつらくなるんじゃないか、そう思ったから」

私が香乃の気持ちに気づいていたように、香乃もきっと、私の気持ちに気づいてたんだと思う。私が気づいて香乃が気づかないはずないから。

それでも香乃は、勇気を出して自分の気持ちを正直に話してくれた。きっと、私も言ってくれると信じて。なのに私は言わなかった。

「一度嘘をついたら、どんどん言えなくなって。そのうちに香乃が修司と付き合うことになって、自分が傷つかないために香乃を避けて、でも香乃が虐められているのを知った時、香乃が泣くのは耐えられないって思った。だから今度は、二人が幸せだったらそれでいいって自分の気持ちを誤魔化して、また嘘を重ねた」

「……うん」

「だけど表面上は笑っていても、心の片隅にはずっと消えない想いが渦巻いていて、私は」

言葉に詰まった私の手の上に、香乃の手が重なった。

「たとえ一瞬だったとしても、私は……香乃がいなければって、そう思っちゃったの……。大好きなのに、大切な親友なのに」

香乃の手の上に私の涙が零れ落ちると、そのまま俯きギュッと目を瞑った。嫌われたとしても、ひどいと思われたとしても、もう嘘をつきたくなかったから。

「私も言えなかった」

香乃の言葉に、私はゆっくりと顔を上げる。

「奈々の気持ちにはとっくに気づいていたのに、好きなんでしょ？　って、ハッキリ聞くことができなかったの。それは……」

「香乃？」

一瞬目を逸らした香乃は、目に涙を溜めたまま、心の中にあった気持ちを話してくれた。

「本当は怖かったから。奈々の口から、修司が好きだという言葉を聞くのが怖かった。そのうちだんだんと自分の気持ちが抑えきれなくなって、手袋を渡した時も、プレゼントを渡せるだけでいいと思っていたのに、気持ちが高ぶって好きですって言いかけたの。でも、奈々のことを思ったら言えなくて。でも終業式の日に……」

……そう。終業式の日、修司は香乃に想いを伝えた。あの告白を聞いた日から、私の心は徐々に汚れていったんだ。

「奈々が私を避けたのも私が苦しめたから、虐められるのも自分のせいだって思ってた。でも奈々は、助けてくれた。手を差し伸べてくれて嬉しかったのに、私は……」

「香乃……」

「私の前では笑っていたけど、奈々が自分の気持ちに嘘をついて苦しんでいることに、気づいていたの。無理して笑ってるって、気づいてた。それなのに、私はなにも言わなかった」

「香乃……違うよ、それは私が」

「違わないの！　奈々の本心を、聞こうと思えばいつでも聞けたのに、心のどこかでこのままなにも聞かないで笑い合っていられるならって、そういうズルい気持ちがあったから」

止めどなく流れる涙。それを拭うことも忘れ、香乃は私を見つめた。

「ずっとずっと、祈ってたの。どうか、どうか奈々の好きな人が……修司ではありませんようにって。自分勝手だって分かってるけど、一番大切な人と、同じ人を好きになんてなりたくなかった……」

私も同じだったんだ。香乃と同じことを、ずっと祈ってた。初めて本気で誰かを好きになった時には、お互いの恋を応援して、相談に乗って、励まして、そうやって今までみたいに二人で楽しく……。

私は香乃を大切に思うあまり、嘘をつき、心の中でずっと泣いていたんだ。

「事故に遭った時、もうこのまま消えてしまえば楽になるって思ったの」

私の言葉に香乃は目を見張り、次第にその顔は険しくなっていった。

「これでもう香乃を苦しめずに済む、私も自分の気持に嘘をつかなくていいんだって。だから……」

「バカ！　奈々のバカ！」

香乃が立ち上がると、パイプ椅子はそのままガシャンと音を立てて倒れた。

怒《いか》りよりも、深い悲しみを含んだ目で私を見下ろす香乃。

「奈々が……奈々がいなくなったら……っ、私は」

涙で言葉にならなくても、香乃の思いは伝わってるよ。自分の心を見失い、本気で消えたいと思った私に、彼が教えてくれたから。

――『お前が一番泣いてほしくないと思ってる人が、一生泣き続けることになるんだぞ！』

私は香乃の手を強く握り、涙でグシャグシャになったその顔を見つめた。

「ごめんね香乃。私もう、自分の気持ちに嘘はつかないから。だから香乃も苦しまなくていい。私、ちゃんと気持ちを伝えて、それで前を向くから」

もう下手くそな笑顔なんて作らなくていいんだ。心にある気持ちを全て吐き出して、明日を迎えよう。もしも私が泣いたら、その時は……。

静寂を取り戻した病室で、香乃はずっと私の手を握り続けている。子供の頃と同じ。お母さんに怒られて泣いている私の手を、泣きながらずっと握ってくれていたあの頃と。

「ねぇ香乃、私の話を聞いてくれる？」

香乃は真っ赤な目を私に向け、首を傾げた。

「凄く不思議で、有り得ないけど……でも、とっても大切な話を」

「うん」

「目が覚めたと思った時、私は制服を着てて……見下ろした先には、私が眠っていたの。それでね……」

キョトンとしている香乃の側で、私は話を続けた。

とても短かったけれど、きっと一生忘れられない旅の話を。

第八章　君のために。

君はきっと知らないだろう。
それでもいいんだ。
大丈夫。
俺が君を
笑わせるから……。
だから、あの頃みたいに
笑ってほしい。

部活をやらなければ親に勉強しろとうるさく言われるし、中学の時もやっていたからという軽い気持ちでバスケ部に入部して一週間。チームはたいして強くはないけれど、部員はみんな結構真面目に練習している。とはいえ俺の場合、真剣にやらなくても他の一年よりも上手かったし、楽しければいいやと暇つぶし程度にこなしていた。

上級生がコートを使って試合形式の練習をしている間、俺たち一年は体育館の隅でひたすらドリブルの練習をさせられている。こんなの中学の時に嫌というほどやらされていたのに、今さらまたやるのかよ。

「なぁ、ドリブルってどうやったら安定するんだ？」

みんなが真面目にドリブルをしている中で、ボールを指先でクルクルと回していた俺に、そう聞いてきた奴。

「え？」

「だから、何回やってもすぐ乱れてくるし、どうやったら貴斗みたいに手に吸いつくようなドリブルができるんだ？」

いつの間にか俺を貴斗と呼び、汗をかいても爽やかなままのこいつは、園田修司。高校からバスケを始めた、いわゆる初心者だ。一年の中で初心者は修司を含めて五人。その中でも修司は毎日の練習を一番真面目に真剣に取り組んでいた。そんなに真剣になったって、弱小バスケ部じゃ大会で出るのも一苦労なのに。

「貴斗はほんとバスケ上手いし、羨ましいな」

額の汗をサッと拭って俺を見た修司。いや、俺からしてみたら、その眩しいくらいキラキラした笑顔の方が羨ましい。

「コツなんてないけど、とにかく回数こなすしかないかな。俺だって中学の時は体育館の床が抜けるんじゃないかと思うくらい、数えきれないほどドリブルの練習したし」

「そっか、やっぱ練習しかないよな。ありがとう」

口角を上げてニコッと笑う修司に、「アイドルか！」と突っ込みたくなったが、まだそこまで親しいわけじゃないから、その言葉をグッと飲み込む。

上級生の試合が終わると、上級生が休憩をしている間だけ一年がゴールを使える。先輩達がコートから出るのと同時に、一年が一斉にゴール目がけてシュートを放った。おいおい、ゴールはひとつしかないのに十三人全員でシュートしたら、そりゃ入らないだろ。

顧問はバスケの知識があまりないのか、練習を見に来ることもほとんどないし、先輩は自分たちの練習で精一杯。誰も指導する人がいないってのも、強くならない原因かもな。

そんなことを考えながら客観的に眺めていると、シュートをする輪から少し離れたところで修司がドリブルの練習をしていた。

なんとなく気になった俺は、修司に近づく。

「お前はシュートしないのか？」

「え？　あぁ、だって適当にシュートして変なフォームを覚えちゃったら嫌だし」

そうか、誰も指導していないもんな。このバスケ部は、経験者にとっては自由にできるからいいけれど、初心者にはつらい環境かもしれない。

「まずドリブルができなきゃ始まらないかなと思って」

こいつは、どこまで真面目なんだ。しかも……どう考えても絶対いい奴だ。そう確信した俺は、修司が持っていたボールを横から奪った。

「あのな、ドリブルももちろん大事だけど、考え方が極端なんだよ。ドリブルだけじゃなくパスやシュートも練習しなきゃ意味ないだろ。ドリブルだけで点が入るわけじゃねぇんだから」

「ああ、そうか」

「パスだって、ただ普通にこうやって投げたって駄目なんだ」

俺は持っていたボールをポーンと修司に向かって緩く投げた。そのボールを今度は修司が俺に投げ返す。

「仲間のジャンプに合わせて緩いボールを高く上げることももちろんあるが、基本的にパスはこうだ」

さっきよりも明らかに強い力で真っ直ぐ投げたボールは、吸い込まれるようにして修司の手元にちょうどおさまった。

「いって〜」

思ったよりも強かったのか、修司は手をブラブラとさせて顔を歪ませた。

「あっ、悪い」

つい本気になってしまった俺は、修司の元に駆け寄った。

「いや、全然いいよ。分かったから。このくらいのスピードじゃないと取られるってことだろ？」

「うん、まぁそういうことだ」

「ありがとう。先輩の休憩が終わるまで、もう少し付き合ってくれるか？　俺、貴斗に教えてほしい」

邪《よこしま》な考えなど思い浮かべたことすらないだろう純粋で澄んだ目を俺に向ける修司。『俺、貴斗に教えてほしい』なんて正直な言葉をためらうことなく言われたら、断れるわけもない。男なのに、ちょっとドキっとしてしまうくらい爽やかだ。

それにしても……。なんだ……こいつの目はなんなんだ。まだそんなに親しい関係じゃないけれど、駄目だ……我慢できない。

「お前は、人懐っこい犬か！　その目は絶対チワワだな！」

「プッ、なんだそれ。ウケる」

「大丈夫だ。犬とボールは昔から仲よしだから、修司もすぐに上手くなる」

「いや、犬じゃねーし。貴斗って面白いな」

「とりあえず、まずは漫画を読め」

修司は意味が分からないといった表情で、口を半開きにしたまま首を傾げる。

「バスケ漫画を読めばある程度知識もつくし、意外に参考になる。よし、今日貸してやる。漫画だと侮るなよ！」

「えっ、今日？」

「そうだ。上手くなりたいんだろ？」

「あぁ、まーそれはそうだけど」

「よし、んじゃ決まりな！　……で、お前の家どこだ？」

思った通り、修司は素直で真面目な奴だった。ついでに爽やかなイケメンという特典もついている。それに修司と俺は驚くほど気が合って、まるで昔から知っているかのようにお互い遠慮の欠片《かけら》もなく、あっという間に気を遣わなくて済む関係になった。

最近は俺に影響されたのか、真面目一直線かと思っていた修司が冗談を言ったりボケたりするようにもなった。

入部から一ヶ月半を経過した今日も、視線の先にいる修司はどうにか相手のボールを奪おうと必死に手を出したり足を動かしている。動くのはいいことだけれど、やみくもにただ走るだけじゃ上手い奴からボールを奪うのは難しい。でも、諦めずに必死に食らいつくのは修司のいいところでもあるな。

全員が一対一を終えたところで、二年対三年で試合を始めるらしい。つまり俺たち一年は隅っこで地味に練習の時間だ。

「はぁ……やっぱ一対一はヤバい、疲れる」

首にタオルをかけたまま、息を切らしている修司。真っ白いタオルがやけに似合う。試合が始まるまでの僅かな時間、休憩をするため俺たちは壁に寄りかかって座った。

「全然取れないのに、修司の諦めない精神はなかなか凄いよな」

「それ褒めてんの？」

「一応そのつもりだけど」

「んじゃありがたくもらっとく」

体育館の半面ではバレー部が練習をしていて、俺たちのすぐ横では女子のバスケ部が練習をしていた。

バレーは中学の時に体育でしかやったことがないけれど、一度思いっ切りスパイクを打ってみたいな。今度バレー部に飛び入り参加でもしてみようか。ボーっとバレー部を見ながらそんなことを考えていると、修司が肘で俺の腕を突っついた。

「なんだよ」

「ちょっと見てみ、樋口凄い上手くない？」

女《じょ》バスの方を見ながら呟いた修司。

「は？　樋口って誰だよ」

「ほら、あの、髪を一つに結んでて黒いTシャツ着てる。あの子、俺と同じクラスの樋口奈々」

修司の説明を聞きながらそれらしき子を見つけた俺は、目で追った。三対三をやっているようだけれど、ジャージの色を見る限り一年対二年だ。その子のドリブルはとても細かく、利き腕がどちらなのか分からないほど、右手左手と器用に切り替えながら相手のディフェンスをかわしている。背はそれほど高くないのに、リバウンドもよく取っている。

それになにより、シュートがとても綺麗だと思った。膝を上手く使っていて、力を入れているようには見えないのにスリーポイントもよく決まっている。高校生の女子のスリーポイントといえば、思い切り力を入れて一生懸命ボールを飛ばすというイメージだけれど、彼女からはそれを感じられない。

「な？　上手いだろ？　シュートが上手いのは知ってたけど、ドリブルもさすがだな」

「ああ、そうだな」

「樋口と一対一やったら絶対負けるよなー」

「確実負けるな」

「おい、ちょっとは否定しろよ」

修司と会話をしながらも、俺の目はずっと彼女に釘づけになっていた。

確かに上手いけれどそれだけじゃなくて、得点が決まった時に見せる笑顔。こんなにも見入ってしまうのは、シュートが決まった時に見せる彼女の笑顔がとても綺麗だと思ったから。輝いて見えるなんて表現もあるけれど、別に光って見えるわけじゃない。特別な理由なんてきっとない。ただ、本当に嬉しそうに笑う彼女の笑顔に、俺の心臓は締めつけられた。

＊

朝は苦手だ。どんなに早く寝ても、寝起きは最高に悪い。けれどそんな俺が、いつもより三十分も早く家を出て学校に向かっていた。学校までは自転車で三十分。坂道もあるけれど、朝から人の多い電車に揺られるなんて俺には考えられないから、自転車通学を選んだ。

運動部の朝練は七時半から始まって八時十五分までには教室に入れるように終わる

決まりになっている。自由参加だけれど、朝のたった三十分やそこらの練習のために早起きして来る奴はほとんどいない。最初は俺もそういう考えだったが、修司の上手くなりたいという気持ちにどうやら完全に感化されてしまったらしい。楽しいというだけでなく、いつの間にかもっと上手くなりたいという気持ちが芽生えてしまっていたから。

部活中は先輩中心の練習メニューのせいで、一年はゴールを使った練習がほとんどできない。だから基礎は完璧にできている俺が自由にシュート練習をするには、誰もいない朝練がちょうどいいってわけだ。

自転車で川沿いの道を走り、橋を渡って学校を目指した。普段の通学時間と違って、歩いている生徒は今のところ見かけていない。

ちなみに入学してからもうすぐ二ヶ月だが、朝練は今日で五回目。着替えている時間がもったいないということにようやく気づいた俺は、今日、ジャージで登校している。それも自転車通学だからできることだ。さすがの俺でも高校生にもなってジャージで電車に乗るのは抵抗があるからな。

学校に着くと、そのまま体育館へ向かった。四回やった朝練で、他に人がいたのは一回だけ。女バスの二年が二人いた時があったけど、今日は誰もいないといいな。一人の方が集中できる。そう思いながら体育館に入ると、中はシーンと静まり返っていた。

「よし、一人だ。さてと」

荷物を置いてバッシュを履いた俺は、とりあえず色んなパターンのドリブルシュートを始めた。

ダンダンという音が、静かな体育館に響き渡る。そして三回目のシュートを決めて着地をした、その時。

「うわぁ！」

着地をしたところが体育館の入口付近で、着地のタイミングでちょうど誰かが入ってきたことに驚いて思わず声を上げてしまった。

「あ、ごめん」

「びっくりしたー」

転がっていったボールを拾い、改めて入口に目を向ける。

「……あっ」

そこにジャージ姿で立っていたのは、あの日、俺の心臓を激しく揺らした……バスケ部の女子だった。

その瞬間、修司が言っていた言葉を思い出す。

『あの子、同じクラスの樋口奈々』

樋口奈々。

「驚かすつもりなかったんだけど、ごめんね」

「いや、別に」

「あっちのゴール、使ってもいい？」

「別に、いいよ」

別に別にって、もっと気の利いたことを言えないのか俺は。てか、なにクール気どってんだよ。そんなキャラじゃないだろうに。なんでいつもみたいにペラペラと言葉が出てこないんだ。

俺の横を通り過ぎ、奥のゴールに向かった樋口は、そのままシュート練習を始めた。スリーポイントの位置から、何度も何度も。その姿に、ついついまた釘づけになってしまう。二人しかいないのにジッと見てたら怪しいだろ。

正直、もう少し見ていたいという気持ちがあったけれど、俺は彼女に背を向けてシュート練習を再開した。

二人が放つボールの音と、バッシュの音だけが体育館に響く。さっきから、樋口が使っているゴールの方からは、ボールがリングに当たる音があまり聞こえない。

それに比べて、俺は絶不調。ガンッ、ガンッ、と何度もリングに当たるし、しかも入らない。下手だと思われているんじゃないかと、そんなくだらない心配までしてしまう。

リングに当たって弾き飛ばされたボールを拾い、顔を上げると、ちょうど時計が目に入った。もうすぐ八時になろうとしている。そろそろ着替えるか。そう思いながら彼女の方にふと視線を向けると……。

二階の窓から朝日が差し込み、その朝日が……シュートを放つ彼女を照らしていた。白くまばゆい光に包まれているその姿に、ドキドキと心臓が高鳴る。特別顔が綺麗とか、そういうわけではない。それなのに、俺の心臓はなかなか治まってくれなかった。

何故か目を逸らせずにいると、時計を確認するかのように、彼女が急にこちらに視線を向けた。俺は咄嗟に俯き、そのまま鞄を手に持つ。

別に、俺を見たわけじゃない。時計を見ただけで、多分、目も合っていない。なのに、なんだこの気持ちは。クラスも違うし、喋ったこともない。それなのに……顔が熱くなり、心臓の鼓動は速まるばかりだ。これまで感じたことのない感覚に、まるで、自分が自分じゃないかのように思えた瞬間だった。

「お疲れ」とか「お先」とか、いつもの俺ならいくらでも言えるはずなのに、俺は彼女から逃げるようにして体育館をあとにした。

＊

恋愛というものが、もし自分に訪れたなら、その時には自然と振る舞えるもんだと思っていた。ドラマや映画の予告のように、甘い台詞《せりふ》を吐いたり強引に誘っていつの間にか相手も恋に落ちるとか。そんな展開を思い描いていたけれど、実際は全然違っていた。なんせ俺は学園一のモテ男でも、主人公になれるようなタイプでもなかったから。

しかも俺の駄目さ加減が決定的だったのは、好きな人に対して〝だけ〟は、羞恥心《しゅうち》の塊だったということ。十六年の人生で、初めて知った事実。誰とでも気軽に話せてすぐに仲よくなれる。一緒にいると面白い、なんて言われてきたはずなのに。彼女の前でだけは、何故かクールで物静かな俺になってしまう。もちろん意識して自らそうしているわけではなく、自然とそうなってしまうのだ。もっと気軽に話せたら、なにも考えずに声をかけられたら、今頃はもう親友くらいになっていたかもしれない。

しかし気づけば、もう十月を過ぎてしまっている。バスケ部の仲間で一番気の合う友達である修司は、彼女と毎日同じ電車に乗り合わせていて、今では凄く仲がいい。もう一人の女子を含めて三人で話している姿をよく見かけるし、修司の前で楽しそうに笑う彼女をもう何度も見てきた。

俺も電車通学だったら……いや、多分それでも俺は声をかけられなかっただろう。学校の中ではただ彼女の姿を探すだけ。それなのに、目が合いそうになったらパッと逸らしてしまう俺。仲間とふざけて調子に乗って騒ぐ毎日の中で、いざとなったら度胸がない情けない男だから。

初めて心を掴まれるほど彼女に惹《ひ》かれたというのに。高校生になったら彼女を作ると密《ひそ》かに目標を立てていたのに。こんなんじゃ、無理だな。というか、既にもう遅い。彼女が、樋口奈々が誰を見ているのか、とっくに気づいていたから。

文化祭の準備にもどこか身が入らない。俺のクラスはお化け屋敷をやることになっているが、お化けになって人を驚かしてる場合じゃないってのに。

「幸野君って驚かすの絶対上手だよね！　こういうくだらないことやらせたら幸野君以外合う人いないよ～」

バカにしてんのか褒めてんのか、どっちかにしろよ。こういうお祭りごとは好きだし、やるなら全力でやりたいと思うけれど、いつから俺はこうなっちゃったんだろうか。

モテ期のピークは小学生の時だったな。中学の時もそこそこモテていた。だけど路線変更するキッカケになったあの出来事は、今でも忘れない。

中一の時、クラスで一番可愛いと男子の中で噂《うわさ》になっていた女子が、俺に告白をしてきた。でもまだ中一だった俺は、その場でふざけておちゃらけて、彼女の告白をなかったことにしてしまったんだ。恥ずかしかったから。

好きかもって思ったけれど、告白なんて予想外のことをされても対応しきれなかった。あの時見た彼女の泣き顔は、今でも忘れない。その日を境に、俺はお調子者のうるさいだけの男子になった。

高校生になったら少しは大人になれるかと思ったけれど、そう上手くはいかないな。今時のお洒落《しゃれ》男子が羨ましいとは思わないが、好きな子に話しかけられるくらいの勇気は持ち合わせておきたかった。

「貴斗、そろそろ片づけようぜ」

お化け屋敷の装飾の準備をしていると、クラスの文化委員が声をかけてきた。

「おう、了解」

当日俺はお化け役。樋口は来るんだろうか？　樋口も文化委員だと修司が言っていたから当日は自分のクラスのことで忙しそうだし、お化け屋敷なんかに入る余裕はないか。まぁ来たとしても、長い髪のカツラをかぶって血まみれの俺になんか、気づかないだろうな。

「貴斗〜、終わったか？」

名前を呼ばれ教室の入口を見ると、修司が立っていた。相変わらずイケメンで人当たりのいい修司が来ただけで、俺のクラスの女子の空気が変わる。違うクラスの男子だというのに、作業している自分の手を止めてまで修司を見ている。修司は自分がモテているという自覚があるんだろうか？　多分ないだろう。

「もう終わるけど」

血塗られた感じを出すために、赤い絵の具を塗りたくった段ボールを重ねて教室の隅に置き、修司に近づいた。

「帰る？」

「ん？　ああ、片づけ全部終わったら帰るけど」

「じゃー一緒に百均行かねぇ？」

ラッキーロードの百均か？

「なんで？」

「これから樋口と一緒に行くから、貴斗もどうかな？　と思って」

………。

「貴斗？　どうした？」

「いや、俺はいいや。昨日買った漫画読みたいし」

「そっか、んじゃまた明日部活で」

「おう、じゃーな」

修司が去ったあと、もう一度教室から廊下を覗いた。修司のうしろを追うように、隣のクラスから出てきた樋口。笑っているその横顔は、喜びに満ちていた。

部活をやっている時も、あいつの側にいる時も、樋口はいい顔で笑う。どんな会話をしているのかは分からないけれど、その零れるような笑顔を見ているだけで樋口の気持ちが伝わってきて、少しだけ胸が痛む。

でも、あいつが笑ってるならそれだけでいい。明日も明後日《あさって》も、あの笑顔が見られれば。


文化祭当日、俺は別に実行委員ってわけじゃなかったけれど、なにか手伝えることがあればと思い、少し早く家を出た。

今時のお化けは「恨めしや～」なんて言わないだろうから、なんと言って驚かそうか。そんなくだらないことを考えながら自転車を漕いでいると、川沿いの道にさしかかる。さすが文化祭の当日だけあって、早く登校しているのは俺だけじゃないみたいだ。通学路にはいつもより沢山の生徒が歩いていた。しかも普段と違ってテンションが高く、友達と楽しそうに喋りながら歩いている生徒が多い。そんな俺も、高校生になって初めての文化祭に、内心ウキウキしている。

道路の端を漕いでいると、橋の方からこちらに向かって走ってくる人の姿が目に入った。俺は無意識にブレーキをかけ、その場に止まる。

樋口……？

物凄い勢いで走ってきた樋口は、俺の横を……風のように通り過ぎていった。神妙な面持ちで、誰かに追われているのかと思うほど速く。樋口のうしろ姿を見ようと振り向いたけれど、その姿はあっという間に人混みの中へと消えていった。

周りが見えなくなるほど、大切ななにかを追いかけるように必死に走る樋口。その姿が、頭から離れなかった。

＊

文化祭が始まる時間が迫ってきたところで、少々大袈裟《げさ》なほどのお化けメイクを完成させた。あまり人目についてはいけないけれど、樋口のことが気になった俺は、教室からちょっとだけ顔を出して廊下を覗いた。お化けが教室から顔だけ出してるんだから、廊下から見たらある意味お化け屋敷より怖いだろうな。

けれどそんなことは気にせず顔を出していると、廊下の先から歩いてくる樋口を見つけた。隣には、修司もいる。

「幸野君、なにしてんの？　マジそれ怖いんですけど」

クラスの女子達が俺を見て爆笑しているけれど、樋口は俺に気づかない。ロン毛の血まみれお化けがドアから顔を出しているというのに、全く目に入っていない。樋口は隣にいる修司を見つめて、楽しそうに笑いながら四組に入っていった。

あんな真剣な表情で走ってたからなにかあったのかと心配したけれど、笑ってるじゃん。よかった。樋口、笑ってたな。よし、俺も頑張って驚かそう。文化祭お決まりのお化け屋敷の中でも、伝説的に怖いと思われるくらい。


午前中のお化け役を見事やりきった俺は、トイレでメイクを落として鏡に映る自分を見つめた。薄っすら赤い絵の具が残っている気がするが、まぁいいか。

「ふーっ、疲れたな」

そう独り言を言いながら手を洗ってトイレを出た俺は、そのまま四組に向かった。

ポップコーン店か。修司はハチミツバターが美味しいと言っていたが、甘いのはちょっと苦手だから無難にカレー味でも食べてみるか。

中に入ると、見るからに女子ウケしそうなカラフルな色で装飾された教室。さっきまで真っ暗な中で潜んでいた俺にはちょっと眩しい。

「いらっしゃいませ～」

修司は汗だくになっていつもの修司スマイルを浮かべながらポップコーンを作っていて、入ってきた俺には気づいていない。

俺はそのまま窓際の空いている席に座った。つーか、この店とポップコーンと俺って、かなりのミスマッチだな。なんとなくこの雰囲気の中で座っているのが恥ずかしくて、俯いてしまう。

するとと、ピンクのエプロンをつけた女子生徒が俺の視界に入ってきた。

「いらっしゃいませ、なににしますか？」

その声に驚き顔を上げると、樋口が笑顔で俺を見ていた。咄嗟にまた俯く。

「あっ、えっと……おすすめは？」

「ハチミツバターが美味しいですよ」

「じゃ、じゃーそれで……」

「かしこまりました」

顔に残った赤い絵の具に、気づいてしまっただろうか。やっぱりちゃんと落とせばよかったな。

五分ほど経ってポップコーンを運んできたのは、樋口ではなかった。いつの間にか教室からいなくなっていた樋口。ついでに修司もいない。

そっか……。

やっぱ、俺の顔に絵の具が残っていようがいまいがどうでもよかったな。むしろ、お化けメイクのままでも、たいして問題じゃなかったかも。

ポップコーンを口に入れると、甘さとバターの塩気が上手く混ざり合っていた。

「なんだよ……すげー美味いじゃん……」

＊

「今日からバスケ部のマネージャーになります、浅木香乃です。宜しくお願いします」

短い黒髪を揺らしながら俺たちの前で挨拶をした浅木。緊張した様子で大きな目をキョロキョロとさせていた。喋ったことはないけれど、俺は浅木を知っている。

思えばこの時からだった。樋口の笑顔が、少しずつ少しずつ……減ってきたのは。

部活が終わって着替えていると、男くさくて狭い部室の中では最近公開になった映画の話で盛り上がっている。俺も見たいと思っていたアクション映画。いつもなら会話に入っていって誰よりも喋っていたと思うのに、今日は一言も喋らないで黙々と着替えている。今俺の頭の中は、樋口のことでいっぱいだったから。

修司に聞いたことがある。浅木は樋口の幼馴染みで、毎日同じ電車に三人で乗っているのだと。

マネージャーになった浅木は、不慣れながらも一生懸命やっているようだった。修司はそんな浅木をなにかと気にかけていて、二人で楽しげに話している姿も見た。

そんな二人とは反対に、樋口は時々今まで見たことのない、愛しさと悲しみが混ざり合ったような複雑な表情で修司を見ている時がある。それが、修司を見ているのか浅木を見ているのかは定かではないけれど。

着替えを終えた俺は一番に部室を出たが、女子の姿は見当たらない。もう帰ったんだろうか。

「珍しく早いな、なんか急いでんのか？」

俺の次に部室を出てきたのは修司だった。

「いや、そういうんじゃないけど。あのさ修司、駅まで一緒に行かないか？」

学校を出た俺は、徒歩通学の修司に合わせるように自転車を押しながら駅に向かった。

「貴斗が一緒に帰ろうなんて珍しいし、なんか気持ち悪いな～」

そう言って笑っている修司。俺は自転車だから、部活が終わって誰かと一緒に帰るなんて経験は一度もない。

「ああ、ちょっと聞きたいことがあって」

相手が樋口ならこうはいかないが、修司だったら遠慮なく聞ける。というか、なにも聞かずに勝手に自分の中で想像してモヤモヤするのも、もう限界だ。ハッキリ聞くしか方法はない。

「聞きたいことって？」

「あのさー、修司って……好きな奴いんの？」

あまりにも意外な質問だったのか、修司は口を開けたまま目を丸くしている。

「……は？　なんだよ突然」

まぁそうなるよな。今まで恋愛トークなんてしたことのない俺が、急にそんな質問をしたら修司も答えにくいだろう。

「いるけど」

「……えっ？」

即答だった。質問したのは俺なのに、驚いて足が止まる。

「好きな子だろ？　いるよ」

誰なんだって聞いていいのか？

だけど俺が聞く前に、修司は自ら白状した。

「俺、浅木が好きなんだ」

修司が……浅木を。

樋口が両想いだったら、俺はなにもせずに失恋ってことになるわけだから、つらい。

でも修司の答えは、それよりももっとつらい結果だった。樋口の気持ちを考えたら、つらくてつらくて。あいつが泣いているところを想像したら、俺も泣きそうになった。

だけど修司はいい奴だ。その修司が好きになった浅木も、きっといい奴なんだろう。

でも……樋口は……。


修司の気持ちを知った俺がなにかしたかというと、なにもしていない。友達でもない俺がいきなり樋口を励ますわけにもいかないし、仲よくない俺には笑わせることだってできない。声をかけることすらできないまま、二学期の終業式を迎えた。

*

体育館での終業式が終わり、教室で通知表やら配布物やらを受け取ってようやく二学期が終了。今日は部活もないため、このまま帰ることになる。

冬休みはどこに行くとか年末は誰と過ごすとか今日はクリスマスだとか、そんな話題が飛び交う廊下に出ると、不安そうな顔をしている樋口を見つけた。

女子も今日は部活が休みのはずだが、樋口は今にも泣き出しそうな顔をしたまま俺の前を横切って、下駄箱とは反対の方向に歩いていった。自分でもどうしてか分からないけれど勝手に足が動いて、俺は樋口のあとを追った。

たどり着いたのは体育館。樋口は体育館に入るわけでも中を見るわけでもなく、ドアを盾《たて》にするかのように立っていた。

俺は校舎の陰からその姿をジッと見つめる。その時間は、ほんの数秒だったと思う。視線の先にいる樋口は一瞬目を瞑り、意を決したかのように体育館の中を覗く。だけどその次の瞬間、樋口はドアにもたれかかり、崩れ落ちるようにしてしゃがみ込んだ。両手で顔を覆っているけれど、その体は小刻みに震えていた。

たまらず樋口の元へ駆け寄ろうと一歩前へ出ると、立ち上がった樋口はそのまま走り去って行ってしまった。

追いかけよう。そう思った時、体育館の中にいる人物がチラッと見えた。

修司と浅木……。

こういうことに疎い俺でも、今なにが起こったのかくらいは分かる。俺は樋口に、なにもしてやれないのか。今きっと、樋口は泣いている。そう思うだけで、胸が強く締めつけられるのを感じていた。

＊

三学期を迎えてからは、元気がなくなった樋口を見ているだけの時間が、一日一日とただ流れていくだけだった。樋口はあんなに上手かったシュートも乱していて、部活に集中できていない。いつも苦しそうな顔をしていて、笑うことはほとんどなくなっていた。

二人が話しているところはあれから一度も見ていないけれど、俺は知っている。樋口が時々、とても悲しそうな顔をして浅木を見ているということを。部活中も、樋口がこっちを見ている時があるんだ。なにか話したいのに話せない、言いたいことがあるのに言えない。そんな表情で。

そしてこの日も、俺は樋口を見つけた。昼休みに廊下に出た時、一組の前に樋口が立っていた。教室に入るわけでもなく、うしろのドアからただジッと教室の中を見ている。確認しなくても誰を見ているのかは分かるけれど、俺は少し歩いて一組の前のドアまで行き、樋口の視線の先を追った。

好きな人と幼馴染みが付き合うことになったんだ、つらいに決まってる、悲しいはずだ。でも、でもさ……今にも泣きそうな、そんな顔で浅木を見るくらいなら、話しかけろよ。今まであんなに仲よかったんだ、言えないはずない。少しだけ、ほんの少し勇気を出せばいいんだ。だけど樋口は結局中には入らず、一組に背を向けた。

俺は一組の教室を離れ、廊下の壁に寄りかかっていると、樋口とよく一緒にいるギャルっぽい女が樋口に向かって手を振りながら近づいてきた。なにを話しているのか分からないけれど、俺の目に映ったのは、ぎこちなく笑う、樋口の顔だった。その顔が、目に焼きついた。

樋口が俺の横を通り過ぎる。今まで喋ったことがないのに、こんなこと言うつもりはなかった。なかったけど……。

「下手くそだな。それって、笑ってるつもりなのか？」

泣いていたから。下手くそな笑顔の下で、泣いているように見えたから。


その日の授業が終わって体育館に入ると、座っている修司の前に樋口が立っていた。二人が話しているのを見るのは久しぶりだった。俺もどさくさに紛れて修司の側へ行こうと思った時、樋口は眉間にしわを寄せたまま走り出し、また俺の横を通り過ぎて体育館を出ていってしまった。

なにを話していたのかは分からないが、怒っていたように見えて、でも、不安そうな顔だった気もする。

「おい、修司！　今なに話してたんだよ」

「えっ、今って奈々と？」

「そうだよ！」

「香乃が部活にまだ来てなくて、奈々にどうして遅いんだと思うか聞かれたんだ。俺は単純に先生に呼ばれたとか、そういう理由だと思ったんだけど、でも……」

「でもなんだよ！」

「奈々の様子がおかしくて、なんかあったのか聞いても答えなかった。香乃になんかあったんだとしたら……」

俺は修司の腕を掴み、無理やり立たせた。

「貴斗？」

「気になるなら行けよ！　浅木はお前の彼女なんだろ？」

俺がそう言うと、修司は唇をギュッと結び、急いで体育館をあとにした。

俺にはなにがなんだかよくわからない。でも少なくとも、さっき俺の横を通り過ぎて行った樋口の表情はいつもと違っていた。なにもないならそれでいいけれど、もしなにかあったんだとしたら……。

とにかく俺は、修司にもその彼女の浅木にも、笑っていてほしいし、俺の好きな奴、みんなが幸せになればいいって思っている。だから、樋口にもまた……笑ってほしいんだ。

＊

後日、修司から浅木のことを少しだけ聞いた。女子の虐めは面倒だ。実際に目撃したことはないが、男には分からない世界が色々とあるんだろうなと思う。

浅木はマネージャーの仕事も一生懸命だし、あまり口数は多くないけれど、とにかく真面目なところは修司に似ている。だから、そんな浅木が虐められる意味が分からない。女って、本当に理解できないな。

でもそのことがきっかけで、距離があった樋口と浅木がまた前みたいな関係に戻った。表面上はな……。

＊

二年になった俺は樋口と同じクラスになり、しかも修司と浅木も同じ。俺は正直嬉しかったけれど、樋口は違うのかもしれない。

俺の席は廊下側のうしろから二番目。樋口の席。頭のうしろで手を組み、浅く座って背もたれに寄りかかっていると、目が、樋口の横顔がよく見える。窓の外がいくら晴れていても、樋口の顔はいつも曇っていた。前を向いている時の横顔は、まるで明日世界が終わってしまうかのような悲痛な表情を浮かべている。

樋口は毎日、心の中でなにを思っているんだろう。教室でも部活でも、口を開けて楽しそうに笑っている。だけどさ、すげー下手くそなんだ。最初に見た樋口の眩しいくらいにキラキラしていた笑顔とはまるで違っていて、笑っているはずなのに俺にはそう見えない。

なぁ樋口、お前……なんで泣いてんだよ。その顔の理由は、誰にも話さないのか？　このままずっとそうやって、笑っている〝ふり〟をするのか？

同じクラスになったことをきっかけに少しずつ仲よくなって、いつか樋口の気持ちの全てを知りたい。俺が、聞いてやりたい。

いつか……。

「貴斗、行こうぜ」

「おう、今日はサッカーだっけ？　俺苦手なんだよなー。しかも今日は試合やるとか言ってたし」

俺は腕を組み、廊下を歩きながら修司に向かって呟いた。

「安心しろ、俺も苦手だから」

女子は体育館か。樋口は運動神経いいし、なんでもそつなくこなすんだろうな。っていうか、いつか樋口とバスケで一対一をやってみてぇな。

靴に履き替え外に出ると、雲のない青空に浮かぶ太陽が校庭を照りつけている。授業開始のチャイムが鳴ると同時に先生が生徒を集め、チーム分けをした。そしてすぐに始まった試合。ボールを操るのは得意中の得意。手、だったらな。クソッ、なんですぐ俺の足から離れるんだよ！　つーか紐でもつけない限り、ずっと足元にボールをキープしたまま走るなんて、絶対無理だろ！

だけどサッカー部の奴は、俺がこんなに苦戦しているドリブルをいとも簡単にやってのけた。悔しいな。サッカーは苦手だけど、このままじゃ悔しい。中学の頃から運動神経だけはいいよね、って言われ続けてきたんだ。

運動神経だけ？　あぁそうだよ！　俺には男としての魅力なんて微塵《みじん》もない、だったら全ての運動を極めるまでだ！　サッカー漫画なら読んだ。完璧なまでに、イメージはできてる。

「貴斗！」

クラスメイトが俺の足元へパスを出した。それを右足でしっかりと止め、そのままドリブルをしようと走り出した時……。

「うわぁっ！」

突然スライディングされた俺は、伸びてきた相手の足を避けようと飛び上がり、そのまま地面へ倒れ込んだ。

「痛って～」

「悪い、大丈夫か？」

スライディングしたクラスメイトが申し訳なさそうに謝ってきたが、ボールを取ろうと必死に向かってきただけで悪気はないんだし、膝を擦りむいただけだから、たいしたことはない。

「いや、全然大丈夫」

そう言ってゆっくり起き上がろうと顔を上げると、ふと校舎の窓が目に入ってきた。二年二組の窓からこちらを見ているのは、樋口……。

「うわぁー、血出てるし」

修司がそう言って俺の膝を見ながら顔を歪めた。たいしたことないと思ったが、よく見ると思ったよりも血が出ている。結構派手に転んだからな。

「別にたいしたことねぇって」

そのまま試合を続けようとしたけれど、先生に保健室に行ってこいと言われた俺は、しぶしぶ校舎の中へ戻った。

「あらー、派手にやったね」

保健室の番人というあだ名がついている三十六歳独身の女の先生が、俺の膝を見てそう言った。みんなの前ではたいしたことないって強がったけれど、消毒された時は悲鳴を上げたくなった。実は痛みに弱いなんてこと、樋口にだけは知られたくないな。

ガーゼを当てた膝は少しだけ違和感があるけれど、まぁすぐ治るだろう。

「失礼しました」

保健室を出た俺は再び校庭に戻ろうとした、はずなのに……その足は下駄箱ではなく、教室に向かっている。

制服のまま校庭を見つめていた樋口。授業に出ていないということは、体調でも悪いんだろうか。

階段を上り、二年二組のうしろのドアの前で一旦立ち止まる。ドアは少しだけ開いていて、俺はゆっくりと顔を覗かせた。

視線の先には、黒板の前に立つ樋口のうしろ姿。その手には、チョークが握られていた。なんでか分からないけれど、ドキドキと鼓動が早まる。

ゆっくり右手を上げた樋口は、黒板の隅になにかを書いていた。その手は、少しだけ震えている。声なんてかけられない。

――キーンコーン……。

教室に響き渡る鐘の音に一瞬ビクッと体が反応したその時、樋口は側にあった黒板消しで……その文字を消した。

俺に気づかないまま、樋口は教室を飛び出していった。

誰もいなくなった教室に入り、俺は黒板の前に立った。

俺のよく知っている名前。薄っすらと残るその文字を見た時、胸の奥から悲しみが込み上げてきたけれど、俺は必死にそれをこらえた。歯を喰いしばり、拳を握りしめる。

修司と話している時の、嬉しそうな樋口の顔が浮かんだ。その辺のかっこばっか気にするような奴より、相手が修司なら樋口も幸せになれるって、そう思っていた。なのに、修司が選んだ相手は樋口じゃなかった。

誰にも文句なんて言えないし、誰が悪いわけでもない。俺が修司を大事な友達だと思うように、樋口にとっての浅木も、きっと大切な友達なんだろう。友達が幸せなら、それで自分も嬉しいと思えるなら、俺はそれでもいいと思ってる。

でも……。

ここに書かれた気持ちが樋口の本心だったのなら……。

その後の授業でも、樋口はいつもと変わらない顔をしていた。切なそうに前を見つめ、時々窓の外に視線を逸らす。その繰り返しだ。たとえ樋口が修司を好きでも、笑っていてくれるならそれでよかった。だけど……。

先生が詠む短歌が頭を通り抜ける中、俺は樋口の横顔をジッと見つめた。

俺もさ、俺の本心も、違うんだ。いつもふざけておちゃらけて、なんでもないふりして笑って。だけど、樋口が俺の横を通り過ぎるたびに、心臓が俺に伝えてくる。あぁ、またかって。俺のことが見えていないのは、それだけ樋口が修司を想っているからだ。ただ見ているだけで、なにもできない臆病者の俺なんかより、友達のために必死に笑ってる樋口の方が、よっぽど頑張ってる。

だけど、顔では笑いながら心で泣いている樋口の気持ちに気づいたから、俺は臆病者を卒業しよう。樋口がまた、笑えるように。たとえ、その目が俺を見ていなかったとしても、笑ってくれるなら……。

部活が終わると、修司は浅木と一緒に帰っていった。

少し遅れて部室を出ると、体育館からはまだボールの音が聞こえてくる。女子はまだか。男子はトレーニングだけだったしな。

体育館に背を向け学校を出た俺は、橋を渡ってラッキーロードに向かった。帰ったらご飯があるけれど、今、無性にたこ焼きを食いたい気分だった。ラッキーロードのたこ焼きは、外はカリカリ中はふんわりで、タコがでかくてとにかく美味しい。ここでエネルギーチャージして、帰りの坂道、頑張るか。

夕方のラッキーロードは、買い物袋を下げたおばさんや学校帰りの学生などで賑わっている。お目当ての場所に着くと、その店の前で何度も瞬きをした。

「は？　なんで休みなんだよ！」

思わず独り言を言ってしまったが、腕を組みながらシャッターに貼られた紙を恨めしい気持ちで見つめる。今日から三日間休み？　なんだよ、もう俺の脳内、たこ焼きでいっぱいになっていたのに……。

仕方なく隣の本屋に寄ったあと、トボトボと歩きながら自転車を押して商店街を抜けた。樋口ももう、部活終わっただろうな。

樋口は一人で帰っているんだろうか。一瞬だけ夕暮れの空を見上げ、自転車にまたがり駅の方面に向かった。夕日はいつまでも俺を追いかけてくる。いつか……このオレンジ色の空の下を、樋口と一緒に歩けたら。

駅前の信号が見えてくると、青になるのを待っている沢山のうしろ姿から、同じ学校の制服を着て俯いている女子を見つけた。樋口だ……。

信号が青になると、肩の下まで伸びた黒髪を揺らしながら歩き出す。だけど、異変はすぐに訪れた。

横断歩道の真ん中で、急に立ち止まった樋口。信号の前で立っている俺は、自転車のハンドルを握る手に自然と力が入った。止まったままの樋口を見ていると、何故か全身に緊張が走る。

なんで渡らないいんだよ。そう思った時、駅前を歩く修司と浅木の姿が見えた。渡らないいんじゃない、渡れないいんだ。

さっきよりもさらに力を込めてハンドルを握ると、青信号が点滅し始めた。そして……樋口は振り返り、走り出す。

でもその時、俺の視界には一台の車が見えていた。左折しようとしている車は、樋口に気づいていない……。

「危ない!!」

自転車を放り投げ、なにも考えずに……走った。

アスファルトの上。薄っすら見えるその目から、一筋の涙が零れ落ちた。このまま、泣いたまま終わりになんて、させない。俺は必死に手を伸ばし、その手を握った。

大丈夫。

樋口、大丈夫だから。

もう泣かなくてもいい。

俺が樋口を……

笑わせるから……。

俺が……

守るから……。

また君が……
笑えるように……。

◇　◇　◇

目が覚めると、俺は制服のまま……俺を見下ろしていた。目を瞑ったままの俺、色んなコードが布団の中から伸びている。

死んだかどうかなんて、どうでもよかった。そのまま病室を出た俺は、キョロキョロと辺りを見渡し、必死にその姿を探す。

「幸野……君？」

その声を聞いた途端、涙が溢れてきた。でも俺は、必死にそれを拭い、振り返る。

その声の主はひどく怯《おび》えた様子で、不安そうな目で俺を見ている。ようやく……俺を見てくれた。

「樋口……」

ゆっくりと歩み寄り、薄暗く、怖いくらい静かな廊下で見つめ合った。

「幸野君、私のことが見えるの？」

「……えっ？　ああ」

そう言った瞬間、樋口の表情が少しだけホッとしたように見えた。

「事故に遭ったはずなのに、私……死んじゃったのかな」

自分に問いかけるかのように、目を泳がせながら呟いた。

「いや、分かんねぇけど」

どこに行くと決めたわけじゃないけれど、俺達は歩き出した。

「幸野君は、なんでここにいるの？」

「ばっ……ばあちゃんが入院してて、気づいたら寝ちゃってさ……」

「そっか……」

どうしたらいいのか分からないんだろう。樋口は胸の前で両手を握りながら、黙って俯いている。

「とりあえず、外出ない？　俺も一緒に出るから」

「え？」

「外の空気を一回吸うってのはどうだ？」

樋口は黙ったまま少しだけ考えたあと、顔を上げて小さく頷いた。

二人で病院を出ると、まだ外は薄暗かった。

「ごめんね」

「なにが？」

「無理に付き合わせちゃったみたいで……」

「別に付き合わされたなんて思ってねーよ」

付き合わされたわけじゃない。俺が自分から、お前の側にいたいと思ったんだ。好きだから。樋口奈々のことが、大好きだから……。

お前の話を聞かせてほしい。たとえばあの時なにを思っていたのか、なんで笑っていたのか。なんで……泣いていたのかを……。

自分の命を投げ出してでも、あいつを救ってやりたい。そういう強い思いで奈々の心を救う旅——奈々が言うところの「さよならの旅」を始めたけれど、俺が想像していたよりずっと、奈々は悩み苦しんでいた。

◇◇◇

だけど、あの光と共に奈々が消えたということは、きっと救うことができた。そして、一歩前へ踏み出す勇気を、奈々が持てたということ。

一緒にいた時間はほんの数時間だったと思う。でも俺にとっては、とても長い時間のように感じられた。

奈々が消えたあとの教室、奈々の席の横に俺は立っていた。いつもはうるさい教室の中、一人でいるのはやっぱり少し寂しい。まだここに残っているということは、俺は駄目だったということなんだろうか。もしそうだとしたら、もう少し二人でいたかったなと、自分勝手なことを思ってしまう。

奈々の家の近くにあるっていうグラウンドで、俺も一緒に練習してみたかったな。手加減一切なしで、本気で一対一をやってみたかった。

奈々の悔しがる顔が浮かんで口元が少しだけ緩んだ俺は、奈々の机の上にそっと手を置き、ゆっくりと席に座った。叶わないとしても、想像するのは自由だからな。

夏になったら、俺の地元で毎年開催される花火大会に、奈々を誘いたい。奈々の浴衣姿に、俺は照れ笑いを浮かべて、「馬子《まご》にも衣装」とか言って誤魔化して。いや、奈々は浴衣を着るようなタイプじゃないかもな。まぁ服装なんてどうだっていい。夜空に咲く大輪の花を、二人で見られたら。

今年の文化祭は、きっと去年よりもっともっと盛り上がるだろう。修司がいれば、クラスがまとまることは間違いないし、奈々も浅木も一生懸命準備を手伝って、サボっている俺は奈々に怒られて。色んな問題も起こるかもしれないが、その一つ一つをみんなで乗り越えて、最高に楽しい文化祭を終える。

冬になったら、クリスマスには……奈々にお願いをしよう。頭を下げて、土下座をしてもいい。「手袋を編んで下さい」って。不格好でも下手くそでも関係ない。俺にとって、最高に暖かい世界で一つだけの手袋。

そしていつか、奈々の心にある消せない想いが綺麗な思い出に変わって、心から笑える日が来た時、俺は……。奈々に、好きだと伝えよう……。

ふと顔を上げると、修司と樋口の席が本当によく見える。ここから奈々は、いつも見ていたのか。心の中で泣きながら。つらかったよな、でも、本当に頑張った。

俺本当は、どうしようもなく臆病者で、お前に説教できるような立場じゃないんだ。

なにもできず、ただ泣いている奈々を見ていることしかできなかった。でも、最後に奈々の心の中の想いを全て聞くことができて、背中を押すことができて、本当によかった。

奈々のことを思っていたら、机の上に、ポタポタと滴が落ちる。

あれ……なんでだよ、なんだよ、これ……。なんで涙なんか……。

俺が自分で望んだことだろ。奈々を救いたいって、また笑えるように、俺が奈々を助けるって。自分が死のうが、どうだってよかったはずなのに……。

俯きながら溢れる涙を拭った時、突然その手が、パッと白く光った。徐々に広がっていく光を見つめながら、願う。

できれば……まだ、これからも……奈々の心を少しずつ癒やしていく手伝いをしたい。つらい気持ち、悲しい気持ちが全てなくなるまで。俺が側にいたい。

冗談を言って、バカなことを言って、笑わせてやりたい……。生きていたい……。

君のために……。

第九章　明日へ。

隣の病室を出て自分のベッドに戻った私は、テレビの前に置きっぱなしにしていたスマホを手に取る。

『部活終わって今帰ってきたよ。今日私は行けないけど、泣かないでね～』

フッと微笑みながら、泣いているウサギのスタンプを送信して布団の中に入る。

昨日、面会時間ギリギリまで病室にいて私の話を聞いてくれた香乃。黙ったまま最後まで聞いたあと、香乃は嬉しそうに微笑んだ。信じてくれたのか、夢を見たと思われたのかは分からないけれど、『私も、奈々を助けてくれた幸野君にお礼を言いたい』と言ってくれた香乃の言葉が本当に嬉しかった。

――コンコン。

テレビをつけようとした時、部屋をノックされ、リモコンを持ったまま返事をした。

「はい」

ドアが開き、入ってきたのは……。

「修司……」

鞄を持ち制服姿の修司が、紙袋をもう片手に中に入ってきた。部活帰りに寄ってくれたんだ。

「奈々、大丈夫か？」

「うん、大丈夫だよ。ごめんね、修司にまで心配かけて」

「謝るなよ、友達なんだからあたり前だろ」

友達……。

胸がキュッと痛むけれど、私はパイプ椅子に座った修司を見つめる。

「退院はいつ頃できるんだ？」

「私はたいしたことないから、明日検査の結果聞いて、大丈夫だったらすぐ退院になるって」

「そっか」

修司は安心したように目を細めて笑った。

少しの沈黙のあと、私は布団の中で自分の両手を強く握った。

――明日を、迎えられるように。

「あのね、修司……」

私の言葉に顔を上げた修司は、香乃と同じその大きな目を私に向けた。

「私、修司のことが……好きだった。電車で修司を見かけるようになってから、ずっと……」

ずっと、あなたを見てた。どんな時も、私はいつもあなたの姿を探していた。あなたのことを知れば知るほど、好きの気持ちが大きくなって、泣きたくなるほど、大好きだった。

だけどあなたが見ていたのは、私の幼馴染み。

「香乃と付き合ってるって気づいてからも好きな気持ちは消せなくて、嘘ついて笑って……でも本当は、ずっと苦しかった」

「奈々……」

「でも、このままじゃ駄目なんだってある人に教えられて……気づいたから、だから……」

「奈々、俺は……香乃のことが好きなんだ」

目を逸らさず、そう言って唇を噛みしめた修司。

分かってるよ。凄く胸が苦しくて、涙が溢れてしまうけど……でもやっと、やっと言えた。心の中に溜まった影が、少しずつ消えていく気がして……。

言ったら傷つく、言わない方が絶対楽だと思っていたのに。どうしてだろう、叶わないと分かっていても、嘘をついていた時よりもずっとずっと心が穏やかで、気づいた時には、自然と笑っていた。修司に向かって、微笑んでいる自分がいたんだ。

ねぇ幸野君。私、ちゃんと言えたよね……。

「香乃は私の大切な幼馴染みなんだ。だから、幸せにしてあげてほしい」

「うん、分かってる」

修司なら大丈夫だって、知ってるから。かっこよくて真面目で何事にも一生懸命で、なにより優しい修司なら、きっと香乃を幸せにできる。

「あっ、そうだ。これ」

「なに？」

修司は持ってきた紙袋を私に渡した。

中に入っていたのは、私の大好きなケーキ店のシュークリーム。

「お見舞いはなにがいいか香乃に聞いたら、教えてくれて」

「ありがとう、早速あとで頂くよ。ねぇ修司、ひとつ聞きたいんだけどさ」

「なに？」

「香乃のどんなところが好きになったの？」

ついこの前までは聞きたくないと思っていたけれど、今は聞きたいと思う。修司の気持ちを。

「んと……優しさかな。あぁ、もちろん奈々だって優しいけど、そういう意味じゃなくて」

「そういうのいいから、早く続けて」

笑っている私の横で、修司は言葉を続けた。

「真面目で一生懸命なところに惹かれて、手袋をもらった時に、自分の気持ちを確信したんだ。付き合うようになってからは、香乃、奈々の話ばっかりするんだ」

「私の？」

「そう。子供の頃の話とか、中学の時に虐められていたのを奈々が助けてくれたとか、ほんと、奈々の話ばっかりだった」

私はギュッと布団を握り、泣きそうになる気持ちをなんとか落ち着かせた。

「香乃は、奈々のことが大好きなんだな……って。そんな風に友達のことを大切に思える香乃が、ますます好きになった」

修司の言葉を通じて、香乃からラブレターを受け取ったような気持ちになった。

私も……香乃が大好きだよ。修司のことも、まだ全てを忘れるには時間がかかるけれど、でもきっと……乗り越えられるから。

＊

——三週間後。

「奈々、帰らないの？」

「ごめん！　先帰ってて！」

「了解！　じゃーね」

急いで教科書を鞄にしまった私は、香乃にそう言って足早に教室を出た。

向かった先は体育館。今日から部活は試験休みに入るけれど、ちょっとだけなら問題ないはず。

鞄を置いてボールを持ち、制服のままゴールの前に立った。百六十センチという身長は、バスケをするには不利だ。だから私は、スリーポイントを極めたい。

半円を描いている白い線から全身を使ってボールを放つと、弧を描いたボールはそのまま音を立てずにネットに吸い込まれた。

よし、今日もいい感じ。

「こら！　なにやってんだ！」

「ハッ、すみませ……」

ヤバい。一瞬そう思ったけれど、聞こえてきたその声に、ホッと胸を撫で下ろす。

「脅《おど》かさないでよ」

口を尖らせた私を見て、あいつはクスッと笑った。

「一人だけコソコソ練習するなんてずるくないか？　俺だってやりたいのに」

「あっ、ごめん。でももう、少しずつなら動かしていいんでしょ？」

私が俯きながらそう言うと、彼は体育館に入ってきて私からボールを取った。

「冗談だよ。もう全然大丈夫」

私の少しあとに目を覚ました幸野君は、事故の時に頭を切ったため即手術になったけれど、出血のみで異常はなかった。その代わり、左腕の骨折と肋骨のヒビで入院が長引き、昨日ようやく退院することができた。

「肋骨はもう大丈夫だし、腕も利き腕じゃなかったから、あと一ヶ月もすれば完全復活できるってよ」

「本当に？　よかった……って幸野君？　なにしてんの？」

焦る私をよそに、幸野君はボールを高く上げ、そのままシュートをした。

「ちょっと！　なにやってんのよ！　バスケはまだ早いでしょ!?」

「大丈夫だよ。〝左手は添えるだけ〟って、常識だろ？」

意味が分からないといった表情で見つめていると、幸野君は驚いたようにポカンと口を開いた。

「は？　まさかお前も知らないのか？」

「なにが？」

「あの超有名なバスケ漫画だよ！」

私が首を傾げると、幸野君はため息をついてボールを私に渡し、鞄を持ち上げた。

「バスケ好きなら読むべきだろ！　よし、貸してやるから帰るぞ」

「え？　今から？」

「そうだよ。お前ん家《ち》届けるから、とりあえず全巻読め」

そう言って体育館を出ていった幸野君。

「ちょ、ちょっと待ってよ」

私も急いで鞄を持ち体育館を出ると、幸野君は入口のすぐ横で待っていてくれていた。

怪我が完治するまで電車通学になった幸野君と一緒に、並んで歩き出す。

「漫画貸すから、テスト終わってからちゃんと読めよ」

「う～ん、でもさ、私、漫画は胸キュン溺愛系しか受けつけないんだよね」

「は～？　なんだそれ、そんなもんばっか見てたら脳みそピンクになっちまうぞ」

「いいじゃん、可愛くて」

「そういう問題じゃねーよ」

「幸野君こそ、脳みそバスケットボールになっちゃうよ」

「おう！　それなら本望だ！」

短い旅をしたあの日。胸の痛みに耐えながら、二人で歩いた道を、私達は今、大声でお腹が痛くなるくらい笑って歩いている。

「とりあえずさ、約束のたこ焼き、おごってやるよ」

「ほんと？　ありがとう」

教室にいる時は、まだ少しだけ笑い方がぎこちなくなってしまう。でもそれでいいって、幸野君は言ってくれた。無理しなくていい、きっと少しずつ笑えるようになるからと。

「色んな味があるね。おすすめは？」

ラッキーロードのたこ焼き店についた私達は、メニューを真剣に見つめる。

「とりあえず初心者は、シンプルなソース味からだな」

「了解！　すみません、ネギポン酢一つ下さい」

「は？　お前、俺の言うこと無視かよ」

「だって私、ポン酢好きなんだもん」

だけどね、不思議と幸野君と一緒にいると、心から笑えてる自分がいるんだ。

徐々に薄くなっていく霧に明るい太陽の光が差し込んできて、私の歩く道を照らしてくれているかのように。

「うん、めっちゃ美味しい！　このカリフワ感と、ポン酢とネギがサッパリしてて最高に合ってる」

「だろ？」

たこ焼きを食べ終えた私達は、駅までの川沿いの道を歩き出した。今日は雲が一つもないからか、この時季にしては暑い方だ。

「あ、今度さ、一対一やろうぜ」

「望むところだよ。でもその手、ちゃんと治してからね」

「分かってるよ。負けても泣くなよ」

「大丈夫、私が勝つから」

心の痛みが全て消えたわけではないけれど、こうして笑いながら……。

「そうだ、奈々」

「なに？」

「八月にさ、俺の地元で……」

「……ん？」

「は、花火大会があるんだけどさ、行けたら、一緒に行こうぜ」

「……うん、いいよ」

きっと、進んでいける。

涙が思い出に変わる日がくると信じて。

明日に向かって少しずつ、きっと、進んでいける。

あとがき

はじめまして、菊川あすかです。このたびは『君が涙を忘れる日まで。』をお読みいただき、ありがとうございました。

ケータイ小説サイト「野いちご」にて開催されたノベライズコンテストにおいて、テーマ楽曲である、三月のパンタシアさんの『ブラックボードイレイザー』を聞き、自分なりに想像を膨らませて書いた作品です。楽曲を聞いて物語を考えるというのははじめてのことでしたが、切ない気持ちがとても素直に書かれた歌詞に共感し、すぐにイメージが湧きました。

この作品においては、イメージした登場人物達が私の頭の中でアニメのようになって登場し、色々動いてくれたので、次はどう書こうかとパソコンの前でジッと画面を見つめて悩む、ということは一度もなかったです。

時系列が交差しており、次第に繋がっていくというちょっぴり不思議な物語になっていますが、楽曲を聞いた瞬間、一番最初に浮かんだのは幸野の存在でした。そこから主人公の切ない恋心や友情、恋の相手である修司や幼馴染みの香乃の気持ちが次々と思い浮かび、一つの物語として綴ることができました。

そんな風にして生まれた作品がコンテストで受賞し、私の書籍デビュー作品として皆様にお届けすることができて、本当に嬉しいです。受賞した時の手の震えは、今でも忘れられません。人って驚くとこんなにも手が震えるんだということを実感しました。


この作品の主人公である奈々は、幼馴染みと同じ人を好きになって苦しい想いを抱えますが、実は私も主人公たちと同様に高校生の頃バスケ部に所属していて、二年間バスケ部の先輩に片想いをしていたという経験があります。

二年生になって「もう告白しよう」と決めた頃、先輩に彼女ができたということを知り、しかもその相手が同じバスケ部の後輩だと知って号泣しました。二人一緒にいる姿を見つけては胸が苦しくなり、それでもなかなか気持ちを消すことができず、それはもうつらかったという思い出が書いているうちに甦ってきました。

そんな私の経験も、少しだけ奈々の気持ちに反映されています。もしかしたら気づいていないだけで、私にも幸野のような存在がいたのかもしれないと思ったりもしました。

片想いは多くの方が経験することだと思いますが、その全てが報われるというわけではありません。ですが、知らず知らずのうちにかけられた誰かからのひと言が、自分を変えるキッカケになったり、側にいてくれる人の存在が、つらい気持ちを乗り越えるための大きな力になることもあります。

片想いをしている方、声をかけることも出来ない自分が情けないと感じている方、大切な誰かのために自分を偽って苦しんでいる方、その恋が悲しい結末を迎えたとしても、決してそれで終わりではありません。つらかった恋を笑って話せる時がきっと訪れます。そんな思いを、全てラストに込めました。

この作品を通して、少しでも明るい明日が見えてくれたらとても嬉しいです。

そして読後、「あの時、幸野はここにいたんだ」とか「こういう気持ちだったのか」と、もう一度読み返していただけると、また違った視点で見られるかと思います。

出版するにあたり、沢山相談に乗っていただき大変お世話になった担当の篠原様、スターツ出版の皆様、作品の世界観が全て表れている素敵なカバーイラストを描いてくださった飴村様、サイトで応援してくださっている読者の皆様、そして、この作品を手に取ってくださった皆様、この作品に関わってくださった全ての方々に心から感謝いたします。ありがとうございました。

これからも、読後に心が温かくなるような作品を目指して頑張りたいと思います。
皆様の明日が、未来が、笑顔で満ち溢れますように。

二〇一七年五月　　菊川あすか

この物語はフィクションです。実在の人物、団体等とは一切関係がありません。

菊川あすか先生へのファンレターのあて先
〒104-0031　東京都中央区京橋1-3-1　八重洲口大栄ビル7F
スターツ出版(株) 書籍編集部 気付
菊川あすか先生

君が涙を忘れる日まで。

2017年5月28日　初版第1刷発行

著　者　　菊川あすか　

発 行 人　松島滋
デザイン　西村弘美
D T P　株式会社エストール
編　　集　篠原康子
　　　　　堀家由紀子
発 行 所　スターツ出版株式会社
　　　　　〒104-0031
　　　　　東京都中央区京橋1-3-1　八重洲口大栄ビル7F
　　　　　TEL　販売部　03-6202-0386 (ご注文等に関するお問い合わせ)
　　　　　URL　http://starts-pub.jp/
印 刷 所　大日本印刷株式会社

Printed in Japan

ISBN　978-4-8137-0262-7　C0193

スターツ出版文庫　好評発売中!!

『君とソースと僕の恋』　本田晴巳《ほんだはるみ》・著

美大生の宇野正直は、大学の近くのコンビニでバイトをしている。そこには、毎日なぜか「ソース」だけを買っていく美人がいた。いつしか正直は彼女に恋心を抱き、密かに“ソースさん”と呼ぶようになる。あることがきっかけで、彼女と急接近し、自らの想いを告白した正直。彼女は想いを受け入れてくれたが、「ソース」を買っていた記憶はなかった。なぜ――。隠された真実が次第に暴かれていく中、本当の愛を求めてさまよう２つの心。その先にあるものはいったい…⁉

ISBN978-4-8137-0247-4 ／ 定価：本体570円＋税

『ラストレター』　浅海《あさみ》ユウ・著

孤独なつむぎにとって、同級生のハルキだけが心許せる存在だった。病を患い入院中の彼は、弱さを見せずいつも笑顔でつむぎの心を明るく照らした。しかし彼は突然､療養のためつむぎの前から姿を消してしまう。それ以来、毎月彼から手紙が届くようになり、その手紙だけが二人の心を繋いでいると、つむぎは信じていた。「一緒に生きる」と約束した彼の言葉を支えに、迎えた23歳の誕生日――彼から届いた最後の手紙には驚きの真実が綴られていた…。

ISBN978-4-8137-0246-7 ／ 定価：本体590円＋税

『霞村四丁目の郵便屋さん』　朝比奈希夜《あさひなきよ》・著

もしもあの日、好きと伝えていれば…。最愛の幼馴染・遥と死別した瑛太は、想いを伝えられなかった後悔を抱き、前へ進めずにいた。そこに現れた“天国の郵便屋”を名乗る少女・みやびは、瑛太に届くはずのない“遥からの手紙”を渡す。「もう自分のために生きて」―そこに綴られた遥の想いに泣き崩れる瑛太。ずっと伝えたかった“好き”という気持ちを会って伝えたいとみやびに頼むが、そのためには“ある大切なもの”を失わなければならなかった…。

ISBN978-4-8137-0245-0 ／ 定価：本体570円＋税

『神様の願いごと』　沖田《おきた》 円《えん》・著

夢もなく将来への希望もない高２の七槻千世。ある日の学校帰り、雨宿りに足を踏み入れた神社で、千世は人並外れた美しい男と出会う。彼の名は常葉。この神社の神様だという。無気力に毎日を生きる千世に、常葉は「夢が見つかるまで、この神社の仕事を手伝うこと」を命じる。その日を境に人々の喜びや悲しみに触れていく千世は、やがて人生で大切なものを手にするが、一方で常葉には思いもよらぬ未来が迫っていた――。沖田円が描く、最高に心温まる物語。

ISBN978-4-8137-0231-3 ／ 定価：本体610円＋税

スターツ出版文庫　好評発売中!!

『星の涙』　みのり from 三月《さんがつ》のパンタシア・著

感情表現が苦手な高２の理緒は、友達といてもどこか孤独を感じていた。唯一、インスタグラムが自分を表現できる居場所だった。ある日、屈託ない笑顔のクラスメイト・颯太に写真を見られ、なぜかそれ以来彼と急接近する。最初は素の自分を出せずにいた理緒だが、彼の飾らない性格に心を開き、自分の気持ちに素直になろうと思い始める。しかし颯太にはふたりの出会いにまつわるある秘密が隠されていた…。彼の想いが明かされたとき、心が愛で満たされる。

ISBN978-4-8137-0230-6 ／ 定価：本体610円＋税

『放課後図書室』　麻沢《あさざわ》 奏《かな》・著

君への想いを素直に伝えられたら、どんなに救われるだろう――。真面目でおとなしい果歩は、高２になると、無表情で掴みどころのない早瀬と図書委員になる。実はふたりは同じ中学で“付き合って”いた関係。しかし、それは噂だけで、本当は言葉すら交わしたことのない間柄だったが、果歩は密かに早瀬に想いを寄せていて…。ふたりきりの放課後の図書室、そこは静けさの中、切ない恋心が溢れだす場所。恋することの喜びと苦しさに、感涙必至の物語。

ISBN978-4-8137-0232-0 ／ 定価：本体570円＋税

『あの頃、きみと陽だまりで』　夏雪《なつゆき》なつめ・著

いじめが原因で不登校になったなぎさは、車にひかれかけた猫を助けたことから飼主の新太と出会う。お礼に1つ願いを叶えてくれるという彼に「ここから連れ出して」と言う。その日から海辺の古民家で彼と猫との不思議な同居生活が始まった。新太の太陽みたいな温かさに触れて生きる希望を取り戻していくなぎさ。しかし、新太からある悲しい真実を告げられ、切ない別れが迫っていることを知る――。優しい言葉がじんわりと心に沁みて、涙が止まらない。

ISBN978-4-8137-0213-9 ／ 定価：本体540円＋税

『僕らの空は群青色』　砂川雨路《すながわあめみち》・著

大学１年の白井恒は、図書館で遠坂渡と出会い、なかば強引に友だちになる。だが、不思議な影をまとう渡が本当は何者なのかは、謎に包まれたままだった。ある日恒は、渡には彼のせいで３年も意識が戻らず寝たきりの義姉がいることを知る。罪の意識を頑なに抱く渡は、恒に出会って光差すほうに歩み始めるが、それも束の間、予期せぬ悲劇が彼を襲って――。渡が背負った罪悪感、祈り、愛、悲しみとはいったい…。第1回スターツ出版文庫大賞にて優秀賞受賞。

ISBN978-4-8137-0214-6 ／ 定価：本体530円＋税

スターツ出版文庫　好評発売中!!

『一瞬の永遠を、きみと』　沖田《おきた》 円《えん》・著

絶望の中、高１の夏海は、夏休みの学校の屋上でひとり命を絶とうとしていた。そこへ不意に現れた見知らぬ少年・朗。「今ここで死んだつもりで、少しの間だけおまえの命、おれにくれない？」――彼が一体何者かもわからぬまま、ふたりは遠い海をめざし、自転車を走らせる。朗と過ごす一瞬一瞬に、夏海は希望を見つけ始め、次第に互いが“生きる意味”となるが…。ふたりを襲う切ない運命に、心震わせ涙が溢れ出す！

ISBN978-4-8137-0129-3 ／ 定価：本体540円＋税

『放課後美術室』　麻沢《あさざわ》 奏《かな》・著

「私には色がない――」高校に入学した沙希は、母に言われるがまま勉強漬けの毎日を送っていた。そんな中、中学の時に見た絵に心奪われ、ファンになった“桐谷遥”という先輩を探しに美術室へ行くと、チャラく、つかみどころのない男がいた。沙希は母に内緒で美術部に仮入部するが､やがて彼こそが“桐谷遥”だと知って――。出会ったことで､ゆっくりと変わっていく沙希と遥。この恋に、きっと誰もが救われる。

ISBN978-4-8137-0153-8 ／ 定価：本体580円＋税

『きみと、もう一度』　櫻《さくら》いいよ・著

20歳の大学生・千夏には、付き合って1年半になる恋人・幸登がいるが、最近はすれ違ってばかり。それは千夏がいまだ拭い去れないワダカマリ――中学時代の初恋相手・今坂への想いを告げられなかったせい。そんな折、当時の親友から同窓会の知らせが届く。報われなかった恋に時が止まったままの千夏は再会すべきか苦悶するが、ある日、信じがたい出来事が起こってしまい…。切ない想いが交錯する珠玉のラブストーリー。

ISBN978-4-8137-0142-2 ／ 定価：本体550円＋税

『あの日のきみを今も憶えている』　苑水《そのみ》真茅《まち》・著

高２の陽鶴は、親友の美月を交通事故で失ってしまう。悲嘆に暮れる陽鶴だったが、なぜか自分にだけは美月の霊が見え、体に憑依させることができると気づく。美月のこの世への心残りをなくすため、恋人の園田と再会させる陽鶴。しかし、自分の体を貸し、彼とデートを重ねる陽鶴には、胸の奥にずっと秘めていたある想いがあった。その想いが溢れたとき、彼女に訪れる運命とは――。切ない想いに感涙！

ISBN978-4-8137-0141-5 ／ 定価：本体600円＋税

スターツ出版文庫　好評発売中!!

『あの花が咲く丘で、君とまた出会えたら。』　汐《しお》見《み》夏衛《なつえ》・著

親や学校、すべてにイライラした毎日を送る中２の百合。母親とケンカをして家を飛び出し、目をさますとそこは70年前、戦時中の日本だった。偶然通りかかった彰に助けられ、彼と過ごす日々の中、百合は彰の誠実さと優しさに惹かれていく。しかし、彼は特攻隊員で、ほどなく命を懸けて戦地に飛び立つ運命だった──。のちに百合は、期せずして彰の本当の想いを知る…。涙なくしては読めない、怒濤のラストは圧巻！

ISBN978-4-8137-0130-9 ／ 定価：本体560円＋税

『あの夏を生きた君へ』　水野《みずの》ユーリ・著

学校でのイジメに耐えきれず、不登校になってしまった中２の千鶴。生きることすべてに嫌気が差し「死にたい」と思い詰める日々。彼女が唯一心を許していたのが祖母の存在だったが、ある夏の日、その祖母が危篤に陥ってしまいショックを受ける。そんな千鶴の前に、ユキオという不思議な少年が現れる。彼の目的は何なのか──。時を超えた切ない約束、深い縁で繋がれた命と涙の物語。

ISBN978-4-8137-0103-3 ／ 定価：本体540円＋税

『最後の夏-ここに君がいたこと-』　夏原《なつはら》 雪《せつ》・著

小さな田舎町に暮らす、幼なじみの志津と陸は高校３年生。受験勉強のため夏休み返上で学校に通うふたりのもとに、海外留学中のもうひとりの幼なじみ・悠太が突然帰ってきた。密かに悠太に想いを寄せる志津は、久しぶりの再会に心躍らせる。だが、幸福な時間も束の間。悠太にまつわる、信じがたい知らせが舞い込む。やがて彼自身から告げられた悲しい真実とは…。すべてを覆すラストに感涙！

ISBN978-4-8137-0117-0 ／ 定価：本体550円＋税

『さよならさえ、嘘だというのなら』　小《お》田《だ》真《ま》紗《さ》美《み》・著

颯大の高校に、美しい双子の兄妹が転校してきた。平和な田舎町ですぐに人気者になった兄の海斗と、頑なに心を閉ざした妹の凪子。颯大は偶然凪子の素顔を知り、惹かれていく。間もなく学校のウサギが殺され、さらにクラスの女子が何者かに襲われた。犯人にされそうになる凪子を颯大は必死に守ろうとするが…。悲しい運命に翻弄された、ふたりの切ない恋。その、予想外の結末は…？

ISBN978-4-8137-0116-3 ／ 定価：本体550円＋税

スターツ出版文庫　好評発売中!!

『僕は何度でも、きみに初めての恋をする。』　沖田《おきた》 円《えん》・著

両親の不仲に悩む高１女子のセイは、ある日、カメラを構えた少年ハナに写真を撮られる。優しく不思議な雰囲気のハナに惹かれ、以来セイは毎日のように会いに行くが、実は彼の記憶が１日しかもたないことを知る――。それぞれが抱える痛みや苦しみを分かち合っていくふたり。しかし、逃れられない過酷な現実が待ち受けていて…。優しさに満ち溢れたストーリーに涙が止まらない！

ISBN978-4-8137-0043-2 ／ 定価：本体590円＋税

『君が落とした青空』　櫻《さくら》いいよ・著

付き合いはじめて２年が経つ高校生の実結と修弥。気まずい雰囲気で別れたある日の放課後、修弥が交通事故に遭ってしまう。実結は突然の事故にパニックになるが、気がつくと同じ日の朝を迎えていた。何度も「同じ日」を繰り返す中、修弥の隠された事実が明らかになる。そして迎えた７日目。ふたりを待ち受けていたのは予想もしない結末だった。号泣必至の青春ストーリー！

ISBN978-4-8137-0042-5／定価：本体590円＋税

『きみとぼくの、失われた時間』　つゆのあめ・著

15歳の健は、失恋し、友達とは喧嘩、両親は離婚の危機…と自分の居場所を見失っていた。神社で眠りに堕ち、目覚めた時には10年後の世界にタイムスリップ。そこでフラれた彼女、親友、家族と再会するも、みんなそれぞれ新たな道を進んでいた。居心地のいい10年後の世界。でも、健はここは自分の居場所ではない、と気づき始め…。『今』を生きる大切さを教えてくれる、青春物語！

ISBN978-4-8137-0104-0 ／ 定価：本体540円＋税

『黒猫とさよならの旅』　櫻《さくら》いいよ・著

もう頑張りたくない。――高１の茉莉は、ある朝、自転車で学校に向かう途中、逃げ出したい衝動に駆られ、学校をサボり遠方の祖母の家を目指す。そんな矢先、不思議な喋る黒猫と出会った彼女は、報われない友人関係、苦痛な家族…など悲しい記憶や心の痛みすべてを、黒猫の言葉どおり消し去る。そして気づくと旅路には黒猫ともうひとり、辛い現実からエスケープした謎の少年がいた…。

ISBN978-4-8137-0080-7 ／ 定価：本体560円＋税

書店店頭にご希望の本がない場合は、書店にてご注文いただけます。